林 嗣夫詩集

Hayashi Tsuguo

JN152949

新・日本現代詩文庫 134

土曜美術社出版販売

新・日本現代詩文庫　134　林　嗣夫詩集　目次

詩篇

詩篇

詩集『むなしい仰角』（一九六五年）抄

夜の遠足

べっとりと　くされ落ちる
いやにうすあかい深夜の街
いくつか消え残った街灯が
黄色い体液をためてふくらむ膀胱のように
とざされた闇の奥を照らす

人のいない夜の街路を
いまよこぎって過ぎるのは　小さな遠足の行列
あるいは悪い意識の影？
建物のかげに　やがて先頭がかくれ
後尾がかくれ　別の建物のむこうに
先頭が現われ　通りから通りへ
どこまでも
叫びもなく歩む黒い影

安全地帯の広告灯が
毒をうけるリンパ腺のように
赤ぼったくふくらみながら無限に闇と並列する
何かの血を吸うもののように
線路はにぶくおのれをよじり
かなたの夜の内壁にくっついて動かない

小さな行列は　なおも街かどを過ぎる
いちずに歩む影の一団よ
だれひとりとしてはじき出ることのできない
こののろわれた連鎖よ
もうだれも問いはしまい
なぜそんなにも身なりをととのえ粛々と
なぜ高みを求めて歩むのかと

やがておのれと共にくずれ落ちる高みを求めて
深夜の街をさまようのかと
黒々と並び立つ建物の横には　いつもの
洗濯女のしまい忘れた赤い月

雨

わたしの踏切に　雨が降る
遮断機がおりて　いつも
赤い列車が通る
遠くから　大勢の
手のない子供たちを運んでくる

わたしの街で
大きな紫陽花が腐る
青ざめた肺胞のように

口を割られたアンプルのからが
踏み場もなく　きらきら光る

街にあふれる
手のない子供たちよ
つながることも　抱き合うこともない
個体の群れよ
なおも繁殖し　増殖し
建物のあいだに満ち満ちる破壊者よ

わたしの踏切に雨が降る　音もなく
赤い列車が通る
立ちどまった無数の心臓が
遮断機の前で凝結する
ネオンはうるみ
街は陣痛のためにかすかに歌う

ある残業

人のいない夜の職員室が
廃墟のように明るい
わたしはひとり残業する
部屋のすみずみから
きょうも
投げ捨てたからっぽの言葉を掃き集める
積みあげた本のかげに
爬虫類のようにうずくまって
子供たちの腹わたを始末する

蛍光灯の光が
蜘蛛の巣のように降り落ちる廊下
疲れた教室が眠っている

わたしはコンクリートの壁に
のびあがって
白い呪文を剝ぎとる
大きな箱を荷造りする
かなたの闇にむかって一列に
わたしのかずかずのぬけがらを荷造りする

夜ふけの校舎の内部に
ひとりの少年が灯をともす
「汽車に乗りおくれたのです」
見知らぬ少年と水道の水を汲む
三階のはてまでどくどくのぼってくる
燐のような水よ
洗えば洗うだけよごれるわたしの手
洗えば洗うだけ小さくなる少年の手
あすのために
ふたりで花瓶をうち砕く

見知らぬ少年と向き合ってすわる
図鑑を開く
教室の窓に立つ
ネオンの消えたあの森のあたりを
骨格から離れたばかりの大きな月が
いま赤く燃えながら
こちらにむかって
漂ってくる

授業のかたみに

わたしはもう教壇に立って
おまえたちの前で長い演説をぶつのがいやになっ
　た
わたしはこれまでどんなにたくさんの言葉を
おまえたちに投げかけてきたことだろう
わたしの言葉はガラス張りの教室の中で
それに似つかわしくシャボン玉のように美しい
それは音もなくこわれ
またやさしい風に乗っておまえたちの耳もとを流
　れすぎる
しかしわたしはもうやめにしたいのだ
そんな七色の言葉でおまえたちと話すのを
実はわたしは沈黙に帰りたい
わたし以前の分節されない重い沈黙に帰りたい
胎内の闇まで帰ってもういちど出直してきたいの
　だ
おまえたちはそれぞれの机で
仲良く自分の勉強をするがいい
わたしもまた自分の教卓で
自分の本を読み自分のことを考える
そして疲れたら静かに立って

黒板の拭き掃除をしたり花瓶に水をつぎたしたり
　しよう
あるいは窓から遠い山脈を眺めよう
ある生徒はたいくつそうなわたしを見て
自分の教科書をひっさげて質問にくるかも知れな
い
またある生徒は長いあいだ胸に閉じこめていた問
　題をうちあけるために
こっそりわたしに近づいてくるかも知れない
その時はわたしは本気になっておまえたちのこと
　を考えてやろう
本気になっておまえたちとやりとりをしよう
そしてもし良い言葉がみつかったら
その時こそおまえたちにむかってこう言うのだ
「ちょっと静かに！
みんなこちらを見て！
A君がこんなことを質問にきたけど
これはみんなの問題だと思う
この問題はこんなに考えたらどうか……」
その時こそわたしは鋼鉄の玉のような言葉を
回転するおまえたちのシャフトをがっちり支える
　ことのできる
ボールベアリングのような重い言葉を
おまえたちに投げつけてやりたいのだ
その時こそ
銃弾のようなスピードのある言葉でおまえたちの
　胸を貫き
噴き出る血で教室をべっとりよごしてみたいのだ

詩集『教室』（一九七〇年）抄

小さな詩

ぼくは生徒らの性器を拾い集めて
町へ商売に出かけていく
性器は教室で集めるのが手間が省けていい
たとえばぼくがシャツの腕をまくり
冷たいアスタイルを踏んで教室へ駆け込むと
生徒らはのけぞり　足を震わせ　顔をゆがめる
ぼくはさっそく彼らの股を押し開き
弾力ある生きものの部分を一つ一つもぎ取ってい
く
股の奥に十指を突っ込み　引き裂き
すきがあればすぐ生き残ってしまうこの醜い部分
をつかみ出す
引きちぎり　握りつぶしては
机のすみにたたきつけ　息の根をとめる
校長先生　父兄たち　見て下さい
こうして教室を占拠したぼくの姿を
足を震わせて笑う生徒らの頭のむこうに
世界は金属破片のように晴れている！
さてぼくは床にのびた性器どもを拾い集め
鞄へつめ　町へ商売に出かけていく
ジャズ喫茶で腰を振りつづける色白娘には
首にぶら下げるアイドル
幹部候補の若い紳士には寝小便の薬
車をみがくスポンジ　その他使いみちはアイデア
次第
ぼくは工場へも売りさばく
叩いたり引き延ばしたりさまざまな加工を施すの
だ
売れ残りは家へ持って帰り

比較的形のいいのを選んでその一端に火をともし
妻と子供に童話を話して聞かせる
ところがときどきぼくはとんだ災難に遭う
処分したはずの性器どもが復讐にやってくる
夕暮れの下水にそった道などで
突然かん高い声を空いっぱいに反響させ
世界のむこうから見覚えのある生きものがぼくを
　襲う
酸素を吸い取ってふくれ
不思議な風圧の波紋を押し広げ
イカの群れのように泳いでくる　影の百千
「身のほど知らずめ！」
ぼくはからだじゅうの爪という爪で性器どもを突
　き刺すのだが
そのまま心臓を凍らせて横たわる
ぼくのこわきにはさんだ検定教科書や
ポケットにふくらむチョークが
わずかに小さな詩となってぼくの死体を照らして
　いる

樹

建物の四階から
上に向かってのび広がってくる樹を見おろす
ある恐怖が
ぼくを窓にくぎづけにする

枝をもち上げ
葉という葉を原液のように震わせている樹
真上から見ていると
あの緑の光の渦に　ふと飛びつき
抱きつき
手足を広げたまま

どこまでも沈んでいきたい衝動にかられる

樹はたしかに
空に向かって秘密を開いている
樹は風の中に性器をひろげ
見えない声で叫びながら
恐ろしい交合を繰りかえしている
粘性の空の奥の奥にむかって
樹は満ちもだえ　直入し
激しく異議をとなえながら
全身が枝となり葉となって飛散するまで
悪臭にまみれ　のしかかってくる世界と
交合を繰りかえしている

樹よりも高い場所に
ぼくたちは
生きていることができるだろうか

先生賛歌

せんせい
先生
先生よ
江草先生　南場先生　大河内先生　奥本先生
胸も痛むほどの親しきものたちよ
TBの手術で半分しか空気の吸えない吉村先生
「浦戸湾のちょうちんふぐ」とあだ名をつけられ
　ている山本先生
校長にしかられて頭をまるめてしまった林先生
エッチングを彫りつづけて指の震える坂田さんと
いつも「グッドバイ　グッドバイ」を歌う寿賀さ
　んよ
正真正銘の先生たち　教師屋たち

手をつなぐべきものたちよ
教材研究すると見せかけて医心方を読みふける先
　生
文部省の指導要領どおりにウンコして　お手てを
　洗うせんせい様
教室で生徒らを犯しつづける聖職者
チョークの粉ばかり呼吸して生きのびる童貞
赤貧なるソクラテス
手ぶらで世界の中心を撃つ勇者
闇の中の百鬼
しかし先生よ
「先生」と呼べば「はい」と答える先生よ
口答えの一つも言えない奴隷紳士
新しい背広の着こなしもできない田舎者
ペテンにひっかかり　にせの皮靴を買ってしまう
　先生よ
車の運転もへたくそで
飲酒運転ですぐつかまり　まっ先に新聞に書かれ
　る先生
すぐ罰金を支払ってしまうのろまな先生よ
父兄たちに希望の星を貢ぐ卑屈者
父兄と密通して子供らを逆さにつりさげる裏切り
　者
しかし先生よ
冬休みになればいちはやくふとんにもぐり込み
共稼ぎ女房とキッスに忙しい国語の先生よ
冬休みになれば塾通い　質通い　ねえさん通い
　マルクス通い　ベトナム通いの英語の先生よ
冬休みになれば受験相談の店を開き
あなたは東大　あなたは阪大　あなたは高知大
　あなたはばか　あなたはエッチ
父兄から少なからず謝礼金をまきあげる数学の先
　生よ
冬休みになれば学生たちの補導に出かけていき

ゲバ棒に打ちのめされて健忘症になってしまった
　歴史の先生よ
クラスの女生徒がどこかの男と愛し合って失踪し
たので
自宅の鴨居で首をつり　おしっこをもらしてしま
　った男の先生よ
スーパーマーケットで万引きしようとしてつかま
り
店主の部屋につれ込まれ　股の奥をさわられてし
　まった女の先生よ
先生　先生　先生
どこまでも「先生」のつく仲間たちよ
教壇の上で焼身自殺を遂げようとすれば
下校時刻のベルが鳴り　かぜをひいてしまうし
教壇をうちこわし　地下にもぐれば
地球の裏側にいるやつにつかまってしまうし
つかんだチョークをかみくだき　ふき出し　偈を
　説こうとすれば
いつのまにか虎の巻の教師節になってしまうし
どう転んでも生きのびる以外に手のない先生よ
義務教育――資本への義務につかえるじゅずつな
ぎ
問いをもって問いを制する自虐者
多量の宿題のあすを偽造する幻視者
歴史の此岸で発臭する　にんげん
待ちわびる不用意な血　親しきものたちよ
その群れ込む城　蛍光するエルサレムよ
星に向かって開く教科書よ
毛の燃えたつ股を永遠に閉じたまま　しゃべりつ
　づける姦婦
やさしい目をした兵士たちよ

詩集『袋』（一九八四年）抄

髪

A子の髪の毛は、黒々とした量のまま、肩までまっすぐに流れ落ちる。それはほんの一瞬のできごとである。そこで髪はゆるやかにたわみ、幾すじかは、首をめぐる風となる。しかしほとんどは、落ちてきた速度のまま肩の上を走り、腕の方へ稜線をたどろうとするのだが、速度が次第にゆるむため、肩の上をたどりきれず、ふくらむ胸の方へ、あるいは広い背の方へと向きをかえ、他の髪の流れと合流するものも多い。胸、腹、腰を伝う髪は、かすかに波うち、もはや香りのようなものとなって、皮膚の起伏を忠実になぞる。そして最後に、髪はお互い呼び合いながら、A子の二本の足をつつむため、足首へむけて垂直に収束するのだ。つまり、顔も、からだも、すっぽりと、A子は自分の髪の毛につつまれ、大きなサナギの姿をして、季節の中に立っている。時々、この黒い流れを割って手が突き出し、あるいは風が吹いて、不意に二つの白い膝があらわとなったりする。

無数の黒々とした流れに束ね込まれてしまったA子。ぼくは彼女を捜すため、その圧倒的な量の髪を抱く。やわらかく、そして硬い光沢を。耳はどこに隠れて、流れ落ちる髪の滝音を聴いているのだろう。目はどこの淵に沈んで、髪をとおして外を見ているのだろう。ぼくは、髪の流れをさばくため、A子をベッドに押し倒す。髪は一瞬はね上がり、乱れ、とび散るが、ふたたびA子のやわらかいからだにはい上がり、まんべんなく覆ってしまう。ぼくは左手で首のあたりを抱きすくめ、右手で腹の上をはう髪を割くように払いのける。が、たちまち新しい流れが逆の方向から押し寄せる。ぼくはくちびるで、A子の顔を覆う髪の束を押しのけてみる。しかし髪はぼくの頬をはじき、あるいは口の中に滲入して窒息させようとする。今度は、A子の潜んでいるくぼみを求めて、注意深く指をたどらせる。髪はもつれて、指の動きがさえぎられる。かと思ったらたちまちほどけ、指は失速する。ぼくは髪の流れを上から順々に押してみる。やわらかく沈む部分を捜しあて、思いきってそこの暗い奥へ押し入ろうとする。やはり幾すじかの流れが、鋭い刃となって、ぼくの先端部分を傷つける。しかし、静かに聴いてみると、髪の流れの奥の方から、かすかにA子はぼくの名を呼んでいるのであった。A子は、自分の黒い流れが、ぼくによってきっぱりと切りそろえられる時を待っているのだろうか。ぼくは、A子をつつむとめどもない流れを整理しかねて、外であえいでいる。

現代詩の夕べ

「現代詩の夕べ」と題する講演と詩の朗読会が、ぼくらの町で開かれた。東京から幾人かの詩人がやって来たのである。その日ぼくは放課後の仕事をはやめに切りあげ、農協会館へ急いだ。六階ホールまでの階段をごとごと上がって、さてトイレに入ろうとすると、「御手洗」と書いたドアのところで、中から用を足して出てくる大きな男と、先を譲り合うかたちとなった。ぼくはとまどった。どうやら今夜の詩人らしいのである。詩人とこんなに一対一で対面するのはいやなのだが。何かの現場に集まったやじうまのひとりみたいに、みんなのうしろから見ていたい。

六時から会が始まった。さきほどの巨漢のほか、一、二の詩人が自分の作品を朗読した。ついで、詩と死について、あるいは鳥についての講演があった。実を言うと、ぼくはそれらの内容について、ほとんど印象に残るものがない。ただ、スポットライトの輪の中で、幾行かの詩句をたどたどしく読みあげ、最後に一礼して壇上をひきあげる時の、なにか腹でもたてているようなひとりごとをかすかに聞きとったのと、講演で、鳥の形態について述べながら、ふとったからだをゆすって高笑いしているようすに、少し興味を感じたくらいである。鳥は、あの自由なつばさと、うろこのあるヘビのような足とを、同時に持っている。飛翔と、大地への鎖と、死と、生と——と話しながら、詩人は水差しの水を飲んでは笑い、飲んでは笑いした。聴衆も、それにつられて苦笑した。

九時に閉会し、熱気のむせかえる六階ホールを出た。聴衆の中には、詩人たちに面会するために、控室に押しかける者もいるようだ。

ぼくは農協会館の出口で、ふとE子に出会った。同じくこの会を聴きに来ていたのである。ふたりはほてった頬を風にあてながら、夜の町を歩いた。なぜか、このまま家に帰りたくない。E子もそうらしい。「おもしろかったね。」と彼女は言った。「あんな話を聞いて町に出ると、なんだか恐ろしいところに来たような——。」

ふたりはスナック「よし」に入ってレモンスカッシュを注文し、しばらくおしゃべりした。詩のこと、友達のこと、町のことなど。E子はほんとうに楽しそうである。彼女の野鳥のような声を、ぼくは耳たぶとか頬とか首のあたりの皮膚で聞きながら、棚に並んだ洋酒びんの色や形をながめた。

そして、二本足で教壇に立ちつづけたきょう一日のことを振り返ったりした。

「よし」を出て、また町を歩いた。「先生、見て。雪が降ってるみたい。」と、E子が指さした。街灯の明りの中へ散り込んでいるのは、近くのセンダンの古木が、いま花をこぼしているのである。その甘ずっぱい香りをくぐって、ふたりは別の喫茶店へ入った。E子はそこでも、詩のこと、夢のこと、母のことなどを話した。ぼくは彼女の肩へふりかかる髪の毛や、目や、湯呑みをにぎるふっくらとした幾本かの指を見つめた。

喫茶店を出て、なおも町を歩いた。もう話すこともなく、ふたりは手をつないだままである。途中でE子は、母の日のプレゼントを買った。どこへ行くあてもなく足を進めていると、幾台かのオートバイが背後からおそってき、通り過ぎた。ぼくはE子の手をひき、あのからだの大きな詩人たちは、今ごろどこで目をみひらいているだろうかと考えたりした。くつがわずかながらめり込む感じなので、気をつけてみると、いつのまにか町を過ぎ、広々とした砂地に出ている。

ぼくは足をとめると、急にE子の前に立ちふさがり、思いつめたように彼女を抱き寄せた。E子もそれを待っていたように思う。両手を彼女の首へもっていき、力いっぱいしめつけた。苦しげなうめき声をあげ、ぼくの手を押しのけるようにもがき、あばれた。そして幾秒かののち、E子のすべての力は、急に重さにかわり、ぼくの両手にぶらさがった。ぼくは手をはなした。動かなくなったE子は、しゃがみこむようにして砂地に倒れた。

E子をそのままにしておいて、ひとり歩く。砂はますます深くなっていく。しばらくして振り返ると、E子はやっと立ち上がり、プレゼントの包みを拾い、ぼくに追いすがろうとこちらに歩きはじめていた。ふたりは無言で歩いた。砂は足もとで湿りをおびているようである。ぼくは立ちどまると、ふたたびE子を抱き寄せ、首をしめ、砂の上に押し倒した。両手で力まかせに押しつけると、首のところだけ砂にめり込んでしまう。E子はからだをくねらせ、手足で砂をひっかいた。うろこのある鳥の足のようである。しかし数秒ののち、E子の全身の力は砂にしみ込むように抜けてしまって、ぐったりと横たわった。

ぼくはE子を見おろし、また歩きだす。しばらく行って振り返ると、彼女は起きあがって正座し、髪の中や制服についた砂を払い落としているところだった。そして、ぼくの横についてきた。「先生、コーラかなにか飲みたいけど。」と言う。たしかにのどがかわいている。が、こんな夜ふけに店が開いているかどうか。第一、こんな砂の上に、店などありそうにも思われない。ふたりは並んで、ゆっくり歩く。歩きながら、ぼくはE子の白い首に目をやった。E子もそれを意識しているらしかった。月は出ていないが、変にうす明るい。潮の香りがするから、海が近いのだろう。

袋のある風景

どうしてこんなに、袋類がたまっていくのだろう。部屋のあちこちに、スーパーマーケットやデパート、その他の店々からいただいたビニール袋や紙袋が、いつも散らかっている。きれいなのは使えると思って、押し入れに片付けてあるが、それもたまるいっぽう。……

ある日、ごろりと横になっていて、いいことを思いついた。どれか大きな袋の中に、きょうはごぞごぞ入ってみようか。ぼくの誕生日に、A子がセーターをプレゼントしてくれた、その時の鳥の絵のある紙袋。あの中にでも——。

袋の中に入るには、両手の指を愛のしぐさに使うこと。呼吸に合わせて押しひろげ、からだをうまくずり込ませる。中は？　あたたかくて、あんがい広いのだ。大きなナンキンハゼの木が一本立ち、いまみごとに紅葉していた。袋の中にも秋空が広がり、静かな光が満ちている。

袋の中に風が吹いて、袋のどこかがぶびびびとふるえ、幹が揺れ、葉がざわめいた。枝という枝の細い先まで、千万の小人たちがよじ登って、赤旗を振っているみたいだ。根元に立って待っていると、「せんせい！」と呼び、A子がやってきた。デートの約束をしていた。

二人は袋の中で抱き合った。近くの子供たちが四、五人、野球の道具を持ち、何か叫びながら横を走り過ぎていく。ぼくらは熱い息を吐きながら、お互い口を押しつけた。袋の中には、袋特有の重力が支配する時があり、上やら横やらわからなくなる。ぼくらも抱き合ったまま、幾度かしりもちをついたりした。そのたびに袋は震え、ナンキンハゼの葉が舞い散った。

袋の中は急に明るくなる。ぼくらは木の根元にしゃがんで、落ち葉を拾った。手にとってみると、どれもこれも、葉脈の細いすじが、内出血をおこしたように美しい。二人の頭上には白い実だけが、まるで降ってきたぼたん雪が枝にひっかかったように、空いっぱいにぶらさがっていた。そのむこうを、鳥が飛んだ。袋のふちをついばむように。

袋の中にも日常があり、不安や希望が交錯する。袋は広がり、また縮む。空は青く、もも色に変わり、また、しぐれをちらつかせた。A子は、ぼくとのちょっとしたくいちがいで、不機嫌になったりする。さっきの子供たちがいたずらをして、袋のどこかを破ったのか、冷たい風が吹き込んだ。ぼくはせきが出るし、A子も水洟が出そうだが、しかし、それでも二人は寄り添って立っていた。

……

どうしてこんなに、袋類がたまっていくのだろう。部屋も、街も、公園も、袋でいっぱい。きょうの夕刊には、どこかの資材置場に紙袋に入れられて捨てられた赤ちゃんのことが、出ていた。

A子抄あるいは愛

1

ぼくが言葉に出会ったのは、ある春の夜のことである。言葉に行き当たる予感は、それまでにもあるにはあった。喫茶店で、路上で、車の中で……、求めるものの地下茎の、伸びる音を聴いていた。飲み屋「おかめ」の座敷でビールを一本注文し、お好み焼きを焼いていた時、ぼくは言葉を見つめ、好意をうちあけた。言葉はうつむき、「そう言っていただくと、うれしいけど。」と、ぼそぼそとつぶやいた。

ぼくは言葉をつれて夜ふけの街路を歩いた。手をつなぐと、言葉は菅原文太の歌など口ずさんでくれた。そのまま、花見客の消えた夜の公園をぬけ、街はずれに出た。やっと、ぼくは言葉を引き寄せ、抱きしめた。言葉はすこし逃げるようにもがいたが、ぼくのくちびるはすぐに、言葉のくちびるの部分を捜しあてた。言葉のふるえるぬくもりに触れながら、ふとぼくは自分の重心がわからなくなって、路上でよろめいた。

2

その日の仕事が終わったあと、いつものように、A子を車に乗せて鏡川をさかのぼる。赤い橋を渡り、谷間に車をとめておしゃべりする。ぼくが言葉に出会ったことを告げる。A子は言葉について、詳しいことを知りたがった。ぼくは話して聞かせる。言葉のそよぎ、言葉のかおり、言葉の瀬音、言葉の視線、それら声やらすがたやら。話せばもう言葉はたくさんの目となって、ぼくら二人をとり囲み、あちこちから見つめているようだ。二人の投げ合う息が苦しくて、ぼくらは車から出て風に当たる。A子とつないだ手が熱いので、ふと振りほどき、そこらにしゃがんでフキを摘む。

3

すっかり裸になってしまった言葉を、ぼくはある夜抱きしめた。なめらかに広がる言葉の脈動を、指の一つ一つでふれていった。言葉のやわらかい部分を見つけては、顔をうずめる。言葉のむき出しの部分を捜し出しては、口づけした。「せんせい、せんせい、せんせい、せんせい……」と、言葉はかすかに叫びつづけた。その叫びが「せ、ん、せ、い……」と、切れぎれに力をこめたかと思うと、言葉全体にはげしいけいれんが起こった。言葉はぼくの腕の中で、分裂と融合をくりかえす。そして、震えが次第におさまっていく安らかな時間、ぼくは言葉に顔をうずめたままにしていた。やがて静かになった言葉の奥底から、雪どけのしずくが泉にしたたり落ちてはじくような、澄みきった音が聞こえてくるのだった……。

4

ぼくはA子と歩く。二人の道にきょうは言葉がかれんな花を咲かせている。A子はしゃがんで言葉を摘む。その根っこに近いところから。ぼくもうつむいて言葉を摘む。言葉は花のまま、二人のてのひらに垂れさがる。A子は摘みながら、覚えたばかりの歌をうたった。「Sunrise, Sunset という歌、いい歌ね。ほんとうに不思議。お日さまが昇り、そして沈み、また昇ってくるということ――。」たしかに、A子とぼくとは、多くの時を共にしてきたように思う。

二人の摘んだ言葉を合わせると、もう両手いっぱいになる。ぼくはそれを家に持ち帰り、一本一本解きほぐし、束ね、部屋の中につるした。言葉の香りの満ちる夜、ぼくは長い日記を書いた。

5

ぼくは言葉をつれて旅に出た。車を運転して。言葉はぼくをひなびた漁村へいざなった。ヘビの横ぎる山道、流木やあくたのうち上げられた人けのない海岸、青い熱帯魚の群れる磯、オニユリ、せみしぐれ、潮風……、それら一つ一つの場所へ。「せんせいがこうして、山のほうへ、海のほうへ、いっしょうけんめい車を運転して行ってくださる、そのハンドルを持った姿が、これからずっと忘れられないでしょうね。」と、言葉が言った。ぼくは前を向いたまま、「もうここらへんは、稲を刈りはじめてるね。」とか、「アイスクリームでも食べようか。」とか話した。カラスの死骸をぶらさげた、小さな漁港を歩いてみる。古い軒なみ。まぶしい光。どこかでかすかにクレゾールがにおう。言葉はだまってぼくについてきた。ぼくもだまって、言葉にいざなわれるままにした。

旅から帰ると、いつものように喫茶店でA子と会う。言葉と共にした旅の時を話す。A子は少し疲れた表情で、くずれかけた遠くの入道雲を眺めていた。

6

青い言葉は黄色になり、重い言葉はかわいていく。言葉はいつしか言葉を生み、こぼれ落ちる。言葉はふいに空を流れ、街をゆきちがい、野にうずくまる。

ぼくはある日、A子と二人で、とげにつつまれた言葉を見つけた。「みがまえてるのよね。」とA子が言った。ぼくらはしゃがんでとげにさわる。言葉はころがり、とげが指を刺す。指はかすかに血をにじませた。言葉を見つめる二人の頭上に、引きはがした白い樹皮のような雲が、一すじかかっていた。

7

「会いたい。」とぼくは言葉に話しかける。言葉は沈黙したまま答えない。「会いたい。」とまた訴える。言葉はどこか遠くを見つめてだまっている。ぼくは言葉に電話する。「会って話したい。」「用事があるのよ。」と、言葉はそっけなく答える。言葉は次々と、ぼくにはわからない用事を背負った。言葉はぼくとすれちがい、こすれ合い……。ぼくはとうとう、言葉を見失った。すべてのものが輪郭を失い、世界は白っぽく、等質のかわいた花びらの堆積のようなものにかわっていった。

ぼくはA子と会って、「言葉に裏切られた。」と告げた。A子はふふっと笑い、「裏切られたというよりも、先生が言葉を閉じ込めたんでしょ。それとも、時が流れた、ということか。」「時の流れにあらがうのも、言葉じゃないのかね。」と、未練をこめてぼくは言った。「そうかねえ。よくわからない。」とA子は首をかたむけ、それから、「わたしたちは、寝てはいけないの?」と言った。一呼吸おいてぼくは答えた。「いいよ。一緒に寝よう。」その夜、二人は郊外のホテルにたどりつき、初めて無骨に愛し合った。言葉をかぞえる手つきで。

詩集『耳』(一九八六年)抄

殺人事件

殺人事件の横を
通り過ぎた
人が群がっていた
きのうも
同じように通り過ぎた
殺人事件のかたわらには
アジサイが咲いていていたり
男と女が口を吸い合ったり
そんな日常も
寄り添っていて
殺人事件は
もちろん

不定形の構築物でもある
さきほど
「横を」とか「かたわらに」とか
書いたけれど
どこまでが内なのか外なのか
じつは
はっきりしない
ふりかえってみても
空色に
透きとおっていたりする
事件のかかえる
なまあたたかい雰囲気や
ただならない気配が
一日を響かせ
また閉ざし
事件が
そのまま

歌である場合すらある
やがて
殺人事件は
目ざわりなもの
悪臭を放つものとして
解体される
その時
破片がとび散って
あやまって人を殺すこともある
すっかりかたづけられた
殺人事件
のあとに
いくつかのマイホームが建つ
別の場所には
別の事件が
においやかに発生しているんだから

ひも

ひものことが
話題となっているけれど
ひもは見えない
見えにくい
というところに本質がある

たとえば
台所にすわっている冷蔵庫
あのおしりのところから
一本のひもが
のびていることに気づいている人は
少ない

冷蔵庫のひもを
たどっていくと
その先に何があるか
もちろん巨大な発電所
石油やウラニウムが
ぼうぼうと燃えている

発電所から
さらに
シルクロードならぬオイルロードが
ぎらぎら光りながら
海のかなた
地球の裏側までもつづいている
なまぐさく
執念深い幾すじものひも

マイホームの明るい台所に

キュートな新製品を買い込んだ時
ひもの先の
ずいぶんやくざなものまで
かかえ込んだ

入道雲の立ち上がる夏
トマトジュースを飲もうとして
冷蔵庫をあけると
不意に
爆弾でもぎとられたアラブの少女の
片腕が
一番下の棚に入っていたりする

耳

八月も終わりに近い日曜の朝
空は明るく
家のまわりに秋のけはいが漂っていた
ぼくは裏庭で
食欲不振の犬のそばにしゃがんでいたが
ピーンポーン
だれかが玄関のボタンを押す
まわってみると
そこに二人の女の子が立っていた

お宅は
カイウンなど
おやりになったことはないですか
カイウン？　海運？（という言葉がちらついて）
にこやかな二人の顔と
カイウンとが結びつかない
運を開く　幸運を導く　運勢判断です

すみません
あまり興味がないですね
しかし女の子は
愛嬌いっぱいの目を輝かせ
ぼくの顔を見つめてこう言った
とても耳がいいですよ
耳たぶがふくよかで
幸運のしるしです
その時　庭にはタマスダレの白い花も咲いていた

耳！
自分の部屋に横になって
ぼくはしばらく耳にとらわれた
幼い時に肺門リンパ節炎で
死のふちをさまよったことがある
あれ以来
幾度かいのちの危ない場面にも遭遇した

恋もしたし　家も建てた
そして　耳とともに生きのびた……

その日の午後
生きている不思議さに　耳をつれ
ぶらりと街に出てみる
高新画廊の西岡瑞穂遺作展をのぞく
六号くらいの小品が並んでいて
花や
なにげない夏の風景や
蟹と貝　鮎と茗荷など……
ああ　ほんとうに美しい宝物ばっかり
あまり振りむきすぎて
ぼくの耳は鮎の香りをくっつけた

それから
がらんと明るい飲み屋街を横切る

酔いしれて
幾たび女と手をつないでさまよったろう
昼間は人通りも少なく
残飯なまごみの黒いビニール袋が積み上げられて
　いる
うしろから追いかけてきた秋風が
ぼくの耳たぶにくちづけした

にぎやかな追手筋
日曜市を通ってみた
新しくとれたミカンやサツマイモや日用品
季節の宝物でいっぱい
両側のテントをのぞき込む　季節の耳の列
ぼくも立ちどまって
先ほど画廊で見た無花果を
三つ三百円で買っていた

自分の部屋にぼんやりすわり
庭を見る
赤や白のホウセンカが咲く
暑さで落ちた青い栗のいが五つ六つ
しきりにツクツクボウシが鳴いていた
ぼくにとって　セミは
鼓膜を灼く叫びの渦　声の湾曲
セミの耳にとって
ぼくは何だろうか
屋根の下にうずくまる　ブラックホール？

家にはほかにだれもいない
家族のものはフェリーに乗って旅に出た
そういえば小三の娘が
夏休みにまた耳から汁が出て
医者にみせたら中耳炎だという
名前はミチコだけれど

そんな時には　ミミコと言ってやる
病院でもらった
薬の袋を抱いて　旅に出た
ミミコの耳のかたちは
父親のぼくに　似てたか
どうか
耳とともに　生きる
こわさ
庭でははげしくセミが鳴く
静かな
目まい……

詩集『土佐日記』（一九八七年）抄

1

男もすなる土佐を
女も　と書く
あるいはその逆であってもよい
女もすなる土佐というものを
男も　男も……

たとえば　十二月二十一日
五本　六本
大根を引き抜く
旅立ちの準備をする
育ててきた里芋を掘り起こす
ヒヨドリが鳴いている

大根は
土の上に出ていた部分が
美しい薄緑である
うすみどりの空
うすみどりの水ははなやぐ
すべて切り込んで煮る
里芋は
無数の細いヘビのような根をのばし
赤い目が外を見ている
まわりが少しずつ石になっていく
すべて切り込んで煮る
手　指　またというまたが
むずがゆい
むずがゆいままの旅立ち
うすみどりの出発
山にこだまして
ヒヨドリが鳴き
石になりながら
みんなはなやぐ
どこへ？

11

元日
高知　あざみ野
夜明けのまいまい井戸を降りていく
暗い底の方へ
井戸のまわりの市のにぎわいも
きのうまで
井戸の横のくちづけも
きのうのこと
まいまい井戸を降りていく
ひえびえと

暗い穴の底で
水面がかすかに消えたり光ったり
流した子どもの
声を聞きに
降りていく
まいまい
沈めた母の声をぬすみに

高知　あざみ野
夜明けのまいまい井戸を
降りていく
井戸から若水を
汲み上げるまいまい
id　から
見知らぬ怨
念をくみ上げ
id　から
女の両のふくらはぎを
すくい上げ
都へと

15

流されてきた日々を
忘れていて
ふいに
ピエロとすれちがった

高知　あざみ野
サーカスのテントが
かかっている
西高から東低へ
風は流れているが

〝ああ　なぜか目にしむ空の青
ああ　これぞ恋と知りにけり
あっという間の　美しき日々……〟
福原みいちが
銀にきらめく
細い針金を渡っていく
やわらかい肢体のあちこちを
ゆるめ　ひきしめ
渡っていく
流れる日々の
刃の上を

はりまや橋を渡っていく
変形自転車の　ピエロと
すれちがった
山内書店で
「自由民権」を買っておつりをもらっている

厚化粧の
ピエロと
すれちがった

＊福原みいち、歌――高知新聞、一九八七年新春、「翔べ！　ピーターパン――キグレ大サーカス」の記事より。

詩集『U子、小さな迂回』（一九八八年）抄

おいしいもの

「いつか
おいしいものを食べよう」
そんなふうに約束した
土佐湾に沿う道路を
ふたりで走りながら

　チェルノブイリ
　原子力発電所が爆発したと
　ニュースは伝えていたが

おいしいもの
とは何？

たしか上等の懐石料理も食べたし
ぴちぴちの魚でお酒も飲んだ
しかし
そんなのはまだまだ
もっとおいしいもの

たとえば
静かな店の一室で
季節の
海や山のものなんかいただく
それだけのことかもしれない
時と場所と
料理と
ひとと
いくつものいいものが
やわらかい一点で交わらなくてはいけない

チェルノブイリ
見えない灰が
　降りはじめた日

土佐湾は
古代紫にかがやいている
若者たちのオートバイが　数本の
音となってすれちがう
道路沿いに
鶏を飼う老人など

人は
無重力となって満ち合う日のことを
言い交わし
何千年を生きてきたのだろう
「いつか　おいしいものを」
ハンドルを握ったままつぶやくと

きみは横で
海からの光にうつむいていた

　チェルノブイリ
　ぼくらの事実
　ぼくらの約束……

カニ

カニに指を挟まれた時
そのままそっとしておけば30秒くらいで指を放す
――ホントか　ウソか
かの面白ゼミナール主任教授　鈴木アナウンサー
　が
にこにこ顔でこう質問した
ホントなんです　はい

ハサミの筋肉が疲労して
握力がなくなってしまうんです

悲しいですね
挟んでいても　握力がなくなってしまうこと
ぽろっと落としてしまうこと
恋人がいとしくて
抱きしめていても
すぐ腕の筋肉が疲れてくる……

百科事典で「筋肉」の項を引いてみた
筋――動物の運動をつかさどる細胞集団。筋細胞の多くは細長い繊維状で、筋繊維ともいう。随意運動を行なうのは骨格筋。その形は紡錘形や鳥の羽のような形のもの、扇形、四角形など。一端がいくつもに分岐したものもある。

筋収縮は、運動神経によって調節されている。神経末端から伝達物質（アセチルコリン）が分泌され、活動電位を発生させ、筋繊維の収縮を引きおこす。

筋肉疲労については、筋肉を繰り返し使っていると乳酸が増加し、筋収縮を抑制する、という説や、エネルギー消耗説などがある。外環境と生体のホメオスタシスの維持、すなわち生体防衛の一般現象として、疲労をとらえることができる、云々。

生体防衛の　一般現象！

いつまでも
挟んで
いたいのに
筋肉の
ばか

詩集『林檎』（一九八九年）抄

林檎

テーブルの上に
林檎が一つ
置き忘れられている

りんりんと鳴き沈む虫どもの声も
消え
家族のざわめきも遠ざかり
林檎の近辺で
光がゆらぎ立つのを見る
林檎の芯の
小さな種子のあたりで
糖化が始まったのである

糖化は徐々に
中心から表皮のほうへ向かう
白い果肉は時間の通過とともに
鳥の子色に変色していく
一個の林檎の質量が糖化しつくした時
時間は満ちきって
静止するが
やがて
ぽっと火のように
今度はテーブルのほうへ
糖化がとび移るのだ
それははやい速度で燃え広がり
床へ　柱へ　畳や家具へ
天井へ……
こはく色に
あめ色に
深黄に

家全体が糖化する

そんな小春日
父親は
たとえば部屋の中で大根をきざむ
近くの農家で畑を借りて
日曜ごとに育ててきた
娘が横で手伝う
俎の上できざむと
細かい汁がきらきらと
針のようにとび散る
そうして
朝の新聞
夕方の買物
干大根の香り
山茶花の紅や
侘助の白が咲きつづき
咲き散るような
日を重ね

早春
空が水色に輝くころ
林檎の内部で
家が崩れはじめるのである
娘や父親の
声が
折れていくのが
つららのように響く

高知公園で

ぐるっ　とひとまわりしては
また春になる

世界が　すみずみまで
練色にかすむ

アメリカハナミズキの咲く高知公園を
歩いていたら
若い女性と行きちがった
身ごもっているらしい
ゆっくり歩いてきて
やさしい目をこちらに向け
通りすぎていった

と思ったら
花の終わった梅が
身ごもっていた
白いベンチも
苔や草におおわれたお城の石垣も
何かをはらみ始めている

彫刻家　舟越保武氏の
「モナリザの眼」という文章を思い出した
モナリザは妊婦にちがいない
あの美しい眼は
外を見ているのではなく
自分の胎内に注がれている……

たしかにこの季節　なにもかも
やさしい表情をしていながら
お互い交信しようもなくて
沈んでいく
ことばはつわりになっていく
そして突然
だれかが
妊婦の腹を切り裂く殺人者となるのだ

高知公園はいま
なまぐさいにおいにつつまれ
春である
さきほどの女性は
無事　のがれたろうか

詩集『四万十川』（一九九三年）全篇

一、一メートル以上も掘りさげたが

まだ何も出てくるけはいはなかった
和男さんが穴に入り
もぐっていく昆虫のように丈夫な腕で土をはね上げる
栄さんと私が上げた土を周囲へかき寄せる

なんちゃ　出てくる出てくる　逃げりゃせんろう
そりゃあ　あることはあらあえ　逃げりゃせん
穴をのぞき込んでいるのは父
父の幼な友達　正則さん
一歩うしろで巻きたばこをふかしているのはタユウさん

烏帽子をとったタユウさんの頭はつるつるで
まわりの新緑が映っている
上の雑木林でときどきウグイスが
つやのある美しい声で鳴いた　ホーホケキョと

逃げていく――そんなこともあるかもしれない
埋められた時からひとかたまりの闇となって眠っ
　ていたものを
何十年ぶりかに不意のくわ音が迫ってくる
白日のもとにあばかれるのをおそれて

しかし
もうこうなったらのがさんぞ　というふうに
掘る者は掘り
のぞく者は目をこらしてのぞき込む

墓地の横には花を散らす桜の古木　正則さんの炭
　焼きがま
もう一方は竹林で
色づいた細い葉が震えながら
あるいは複雑な回転運動をしながら散ってくる

見おろす集落は
（かつてわたしたち家族の家もあったのだが）
深い春の底にしずもり
五六軒の家や何かの小屋が小さく屋根を伏せ
幾枚かのゲンゲの田がにほふように色模様をつく
　っている

〔注1〕ゲンゲの花がきれいな日には、なにかこわいことがおこる、少年はそう思うようになった。
　ある春の午後、少年たちはいつものように、ゲンゲの田んぼで遊んでいた。すもうをとったり、追っかけっこをしたり、倒れて花に顔をうずめ、

その香りにつつまれたり。すると部落の下手から、大八車を引いた二人の男がやってきた。車の上には何かをのせ、むしろをかぶせてある。少年たちは、部落の奥へ入っていく車を見送ったが、顔を見合わせてふるえはじめた。車に乗せていたのは、死んだ人にちがいないのだ。

それはおかよさんだった。この部落へ嫁入りしてきたのだが、家のものから毎日つめたい仕打ちを受け——たとえば麦に土をかける時も、姑などは麦にはかけずに、嫁にむかって投げかけた——やせ細り、病になり、里へ帰っていた。とうとう死んだので、父と兄が大八車に乗せ、葬式くらいは出してくれと、嫁入先の縁側へむしろごと押し込んだ。

ゲンゲの花がいっぱい咲く日には、田んぼのふちの道を通って、女の人のなきがらが運び込まれる、少年はそう思う。

〔注2〕　少年は母から、こんな話を聞いたこともある。

——おかあちゃんがまだ小さかったころにね、家の近くの田んぼで、死んだ人を焼いたがよ。肺病で死んだ人らしかったね。ゲンゲの花がいっぱい咲いちょった。たきぎをどっさり積み上げて、死んだ人をのせて、火をつける。なかなか焼けんでね、夜になった。おかあちゃんは、怖かったけんど、障子をちょっとあけて、すきまから田んぼを見よった。火の粉がぱちぱち上がっていく。「おーい、首が落ちたぞ」とか、「足が動いたぜ」とか、みんなの叫び声が谷のむこうの山にこだましてね、もう怖うて、怖うて、それでも見よったら、暗い田んぼから、大きな火の玉が、ふわりととび上がったがよ。火の玉がうちへ飛んできたらいかんと思うて、おかあちゃんはすぐに障子をしめて、それからは部屋の中でふるえよった——。

肺病で死んだ人を焼いた谷間に、うっすらと夜が明ける。もやが晴れると、ゲンゲの花のまん中に、円形の白い灰が残っている。谷の底から天を見上げる大きな瞳のように。少年は、ぱっちり開いたその瞳に、しばしばおびえた。

二、かたい苔がこびりつき

抱き合うようにして並ぶ　祖父　豊久
　　　　　　　　　　　　祖母　　春江
　　　　　　　　　　　　曾祖父　繁太郎
　　　　　　　　　　　　曾祖母　サト
　　　　　　　　　　　　そのほか……

先祖の墓をどうしても高知へ持って来にゃいけん
　ねえ
四万十川の山奥じゃお参りにも行けん
父がこう言いだしたのは
営林局を退職してまもないころだ
来し方ゆく末のことが気にかかるのか

やがて
高知市の自宅の近くに納骨堂を構え
ふるさとの改葬の段取りをととのえた

幡多郡十和村立石《たついし》
高知市から西へ約一五〇キロ
四万十川が高知の中央山地から起こり　南に向か
　って流れくだる
土佐湾に近づいたところで西に向きをかえ
川は蛇行を重ねて愛媛県境まで行き
ふたたび南にカーブして中村市の河口へと注ぐ
十和村は川が県境に接近した中流域
立石はさらにその細い支流の部落だ

タユウさんが「豊久」の前にござを敷き
紫の差袴　模様のある山吹色の装束　烏帽子をつ

け
祝詞を唱え
御霊がやすらかにここを出て行くようにと

遠い親戚すじの和男さんと栄さんが
重い石碑をかかえ上げ　横の藪へほうり込み
掘りはじめると
まあ　この墓地をとり囲む青い山々の　息苦しい
　重なり……

人間いたるところ青山あり　たしかにそうだが
四万十川の山々は
人を閉じ込め　人を狂わせ　人をのみ込んでしま
う
たしか　あの高いところにも墓所があったのう
伝染病で死んだ者を埋めたところよ

よう担いで上がったもんよ　ただ上がってもしん
　どい所じゃが
伝染病いうたらおとろしゅうて隣の者さえ寄りつ
　かん
死んだら遠方へ棄てるように埋めたもんよ
父と正則さんが楽しそうに話す
どこかねえ
牛を埋めたところもあったはずじゃが

〔注3〕　夏の日、少年はきび（トウモロコシ）畑をくぐる。背丈の倍ほどにも伸びたきびの間を、お湯のような熱い風がかよい、茂った葉からイナゴがばらばらと飛び立つ。少年は、実をつけていないきびを捜すのである。茎がすこし赤みを帯び、手をかけるとぱんとはじくように折れる。鋭い皮を歯ではがすと、中がサトウキビのように甘いのだ。
　実をつけていないきびの茎を刀のようにひっさげて、少年はなおも畑をくぐる。しかし、その畑

の端の一角には、決して近寄ろうとはしなかった。祖父近所のなにがしが牛を埋めた場所だからだ。祖父が告げてくれたことは、――病気で死んだ牛を、きび畑のすみに埋めたがよ。夜中に、牛を掘り出して食う者がおるけんねえ、掘っても食えんように、石油をぶっかけて埋めたつうが――。

少年はきび畑をくぐる時、地の底に足を折ってうずくまる巨大な牛を、いつも影のように引きずった。疲れて夜ねむる時も、屋根の上を、石油をかけられた牛がゆっくりと飛んでいく。そのあとを追うように、一人の男も……。

〔注4〕　きび畑は、秋の夜、炎々と燃え上がる。金色のかたい実は収穫され、葉は牛の飼料にたくわえられ、茎だけが畑のまん中で火をつけられるのだ。おとなたちは、燃え上がる赤い炎に顔を照らされ、まるで鬼の姿となって、周囲から中心の火の方へ、畑を耕していく。麦畑をこしらえるのである。

ちょうどそのころ、少年たちは、神社の森に火をたいて、秋祭りの花取り踊りの練習にはげんだ。紙の総のついた太刀や鎌をふりかざし、ヤーナームオミドーと念仏の歌を合唱しながら。まん中で太鼓をたたく少年は、背中にたすきをかけ、太鼓の両面をとびはねるように移動しながらたたく。むこうの畑、こちらの谷から、鬼どもを呼び集めることができるように。

夜の神社の森では、ときおりムササビが、古い樹から樹へとび移った。

三、豊おじはひょっとしたら

こっちの春おばのところへ行っちょりゃせんろうか
生きちょる時にはようけんかもしよったけんど
ほんとうは仲が良かったがぜ
墓の下で一緒になっちょるかもしれん　はは
明るい華やいだ雰囲気が墓地をつつむ
やがて赤土に黒っぽい土がまじって出てきた

和男さんに代わった栄さんが
スコップの先でさぐるように掘る
がさっと固いものをひっかけた　出た出た　それ
　じゃねえ
出たねえ
窮屈な穴の中にしゃがんで木の根のようなものを
　引き抜いた
骨だ

土に汚れて薄茶を帯びている
すこしねじれるように反っている
祖父か
どこの骨じゃろう

穴の底から
次々と切れはしを引き抜いては外に置く

土の中で勝手気ままな方向をむいて遊んでいたも
　のを
もう一度とりおさえ　呼びもどすように

あったあった　頭じゃ
みな息をのむ
赤土のかたまりのような頭蓋骨を　両手にすくい
　上げた
軍手で土をなで落とす

笑ったり怒ったりしていた表情の部分はなくなり
いかにも荷をほどいた軽々とした顔つきをしてい
る
父が受けとってじっと見つめ
足もとへ置く

筏流しを請け負って失敗し　多くの借財をかかえ

込み
酒やら何やらで家族を泣かせ……
いまはひとすくいの空洞である
墓地には農作業の収穫の現場のような興奮が満ちた

さあ　これじゃあ壺に入らんねえ　割るか
父がくわを取り
手ごころを加えるように振りおろす
ぽこん！

鈍い音がして頭蓋骨はつぶれるように割れた
あの　祖父という不思議な世界はどこにもない
骨の内側に
湿ったわたぼこりのようなものだけをこびりつかせて

これでもか　これでもか　というように
父は何回もくわをたたきつける

〔注5〕　少年は、祖父につれられて夜の川漁に行った。日が落ち、山あいに闇がたまってくると、小さな網、かなつき（やす）、木綿の袋、松の根を割ったものなどを用意して、「椎谷」へ出かける。そこが祖父の穴場だ。松の根をいさり火として、小さな淵瀬をたんねんにのぞき込みながら、谷の奥へと漁をするのである。

「椎谷」は、むかし、ひとりの山伏が愛媛へ越えようとするのを、道案内をよそおった部落の者が谷へ突き落として、金品を奪った場所だと聞く。突き落とした者はそののち患い、家は絶えたという。

「椎谷」では、たしかに魚がよくとれた。ウナギ、ハヤ、カニ、アメゴ……。祖父が突き、少年の袋に入れる。ところが、行くての河原や岩が、いまぬらしたようにぬれていたり、川上から赤ん坊の泣き声のようなものが聞こえたりすることがあった。そんなとき祖父は、「もういかんぜ、カワウソが先にとっていちょるけ、ウナギはおらん」「エンコウが出たねえ、もうやめちょこう」といって、さっさと谷から道へはい上がり、ふたりは足速に帰ってきた。残してきた背後の谷の奥に、不気味な闇をふくらませながら。

四、タユウさんが吸いかけの

巻きたばこを足もとに捨て　草履で踏みつぶした
烏帽子をつけ　長い箸を持ち
装束のたもとを左手でおさえるようにして幾片か
　の骨を拾う
壺に入れる時　なにやら呪文をつぶやきながら

残りの大部分の骨と石碑をもとの穴にかえすと
今度は隣の「林春江」に移る
また父と正則さんの若い日の思い出話だ
おし迫った山々と茶畑と　ふるさとは沈黙したま
　まだが
ここだけは死者に会う　にぎやかな祭りだ
やがてスコップが祖母をさぐり当てた
箸で突いたくらいの穴が並んだ扁平な骨
どこじゃろう　と首をかしげ

次に足　つづいてセルロイドの粗末な櫛
と思うとその下に頭があった　座棺だったから
脊柱がくずれると頭蓋骨は下へ下へと沈み
自分の膝に抱かれ　手足の骨に埋もれたのだ

まあ　歯が残っちょるぜ　あんなにいつも歯が痛
　い言いよったに
目も患って晩年はほとんど失明に近かったが
父のてのひらで祖母のぽっかりあいた両眼窩には

明るい春の光が満ちている
働いて働いて　働きとおして死んだようなものじ
　ゃったねえ
朝は暗いうちから畑や山
晩も暗うなって牛の草を担うて帰る
（その草の上に初夏には孫のため木いちごがさし
　てあったが）

夜は夜で漬物を漬け込んだりこもを編んだり
その祖母をめがけて　また父がくわを振りおろし
　た
こぽん！
骨はつぶれ　けもののようにとがった歯があたり
　に散った

〔注6〕　少年は祖母の話を聞くのが好きだ。秋、芋掘りに行って、お昼に谷におりて、みんなで弁当を広げながら。あるいは早春、大きな釜から引きずりおろした湯気のたつミツマタの束の上に乗って。祖母たちはとび散った金色のミツマタの花の香りの中で、その皮をはぎながら。

——うちの川向かいにおったキクエさんがねえ、毎日川へ水汲みに行きよるうちに、腹が大きゅうなって、エンコウの子どもを生んだがよ。頭に皿のようなものがついちょって、指には水かきがついちょったと。育たずに死んでしもうたけんどね——。

——おばあちゃんらあが山の小屋へきび畑をこしらえに行ちょった時のことよ。夜、だれもおらん山の中から、急に伊勢踊りの太鼓の音が聞こえだしてねえ。「勝おじが危篤じゃけ、早うもんて来いと」と呼ぶ声もする。こんげな夜ふけに、こんげな山奥まで来て太鼓をたたく者はおらん、タヌキじゃ、おじいちゃんがそう言うて、小屋の外へむけて鉄砲を放った。そしたら太鼓の音は鳴りやんだがじゃけん。次の日に里にいんでみたら、まっこと、勝おじは寝床に伏しちょったがよ——。

エンコウが住んでいるから、川は深い花色に澄んでいる。タヌキがひそんでいるから、山は不思議な音をたてた。

〔注7〕少年は祖母に連れられ、宇和島へ行ったことがある。病気を診てもらいに。富山の置き薬を飲んでも治らない。ゲンノショウコやセンブリを飲んでも、フキの根を飲んでも、クマノイやタヌキ油を飲んでも、祈禱してもらっても、よくならない。
　バスに乗り、汽車に乗りついで、宇和島へ。宇和島から十和村へは、ときどき雑魚売りや浪曲師、デコ芝居などがやってきていた。そんな人たちの住んでいる街へ。

　宇和島の市街は驚きの連続である。中でも、橋の下を流れる川が、病院からの帰りに見ると逆流していたのには仰天した。かすかにつかみかけていた街の方向感覚が、一瞬のうちに分解した。あれは「海」のしわざだと、祖母が話してくれた。

　病院の診察では、おなかにカイチュウがいる、ということである。魑魅魍魎の類がとりついたのではなく、なんだか下等な白いミミズ。宇和島に二泊して、帰る時は峠を越えた。途中の坂道に草ぶきの小屋があり、なぜか髪を短く切った女がふたり住んでいて、石ころばかりの畑を作っていた。その峠を登りつめた時、少年はうんこに行きたくなった。藪の中である。しゃがんで用を足していると、あの医者が宣告してくれたカイチュウが、次から次へと出てきた。うどんのかたまりのように。祖母はそばに立って、めったに着ないよそ行きの着物で、遠くの山々を眺めていた。赤いツツジの咲く春のこと。

五、土の上に散乱した祖母は

食べたあとの水炊きの骨のようである
タユウさんが長い箸でそれらのいくつかを拾って
　壺に納める
残りの骨はくわや足で穴の中にかき入れた
とび散った歯も一つ一つ
和男さんと栄さんが「林春江」の石碑をかかえて

穴の中へほうり込む
ばしん！
底で骨の割れる音がした
くわでたたいた時とはまたちがう　これこそ死者の
叫びのような　悲鳴のような
その音の余韻を早く消すように　みなで土をかぶせる
このようにして　繁太郎　サト……
骨の悲鳴を聞き　土をかぶせ

タユウさんが赤土をならした墓地に塩をまいた
正則さんも父も塩をふりまく
みんなふりまいてわが身と墓地を清める
スコップやくわも集めて塩をかける　ウグイスが鳴く

嗣よ　と正則さんが私に言う
こんど帰ってきてもこの墓へ来ちゃいかんぞ　墓を拝んじゃいかん
ここはもう先祖の墓じゃないことを知っちょけよ
来ちゃあいかん場所になったけんねえ
二度と来てはいけない場所　大部分の骨は残ったのに
それはもはや祖父や祖母ではなくなった
決して拝んではいけないもの
きっぱりと棄てた忌むべきものとなったのだ
選びとられた骨だけを抱いて

六、もう正午近い

私たちは茶畑の急な坂道をおりる
壺を抱いておりていくと
春深いこの集落自体が
一つの壺の底のようである

むかしの屋敷跡に立ってみた
いまは鋤かれて一枚の小さな田んぼだ
母屋を中心に　井戸があり　くどがあり（みそや
　豆腐やこんにゃくを作っていた）
牛小屋があり　紙漉き場と倉があり　床下には芋
　つぼがあり……
柱を立て　部屋に区切り　屋根をふき
中に闇を住まわせ　骨たちが声をともなって生き
　ていたとき
空間は無限に広がり　重層していた
外に通じる幾すじかの道ものたうつように分節さ
　れて

いまはそれらの構えを解いて
うすっぺらな春の田んぼである
骨たちよ
ここを通っていくよ

〔注8〕　紙漉き場と倉の上の暗い屋根裏は、しばしば少年たちの遊び場となった。特に雨の日は、男の子も女の子も、はしごをよじ登る。そこには、新しいわらの束がたくわえられ、収穫した大きなカボチャがころがっていたりする。少年たちは、屋根裏の暗闇を、自由自在にふくらませたり、かきまぜたり、光にかえたりして、一日じゅう遊んだ。かくれんぼや鬼ごっこやおしゃべりや……。

そんな雨の日、母屋では、祖母らがだまって何かの手仕事をしている。軒下では、きびや野菜の種が、雨だれの音を聞きながら、ぶらさがっている。土間ではいろんな道具類が、骨を休めている。

……

（少年とよく遊んでいた幸子という女の子は、屋根裏を降り、やがて同じ部落の某のところに嫁に行った。この部落へ、町からひとりのカメラマンがやってきて、カワセミの営巣を撮影したことがある。幸子は、そのテントに差し入れをしていて、カメラマンのあとを追って町へ出奔した。）

七、最近の教育はいかんですよ

子どもが親を大事にせん　年寄りを粗末に扱う
これじゃああまあみよ　日本は滅びるぜ
いちばん大事なことを学校で教えにゃいかなあね
タユウさんは上機嫌で言う　私が町の教師だと知って
総理大臣が靖国神社へお参りに行くことを
えらい悪いことのように非難する者がおるけんど
あれは非難しどころか　当然の務めじゃないかえ
父も苦笑しながらうなずいている
父は熱心なクリスチャンで　ひとこと意見もあるはずだが
きょうは大事なわが家の祭りだ
正則さんの家の八畳間に骨壺は安置して
奥さんが用意してくれた風呂　鮨　ウドやワラビの季節の料理
柱に貼られたお札は　出雲大社　天照大神　空海上人　南無阿弥陀仏
改葬の宴はたけなわ
祖父母　曾祖父母のこと　その時代の話にみな沸

きたつ
奥さんの声もはじけた

昔はろくに布団もない家が多かって
かわりに渋紙をかけて寝よったねえ
冬はいろりに夜どおし火をたいて　背中をあぶり
　ながら寝た
繁太郎じいらあ背中がまっかにこげちょったぜ

村の若いしが　よい娘《こ》のところへこっそり夜這い
　に来てもねえ
布団が渋紙じゃけん
ばさん　ばさん　音がしたつうぜ
私もすっかり　酒に話に酔ってしまって
川のむこうの「大椿」の山に目をやった
かん高い鳴き声を山あいに響かせる鳥がいる

〔注9〕「大椿」の花が落ち、ひと冬、迦陵頻伽の声を響かせていたヒヨドリが、どこへともなく飛び去ってしまうころ、かわって少年たちが、「大椿」の山にするどい歓声を響かせる。カシの木の枝から枝へ、とび移って遊ぶのである。数年前に木炭を焼くために伐採した山は、生えた若木がどれも腕くらいの大きさで、からだをゆすると大きく撓って次の木にとび移りやすい。このようにして山の上から下まで、一度も地に着かず、少年たちは競って梢を渡る。ただし、中腹にある「大椿」を通過するのが、みなの暗黙の掟だった。
　ある暮れのこと、乾燥させていたシイタケが盗難にあったという届出があり、部落じゅうの者が集まって詮議に入った。こういう場合、〝よそ者〟が入って盗むということはまずあり得ず、だれがやったのかおよそ目星のつくことが多い。盗んだ者が白状するまで、詮議は何日でも続く。「早う言うてくれんと困る」というような話から、作物のできぐあい、山のようすなど、お茶を飲みながらえんえんと続いた。四日め、これまで出席していた安次が来なくなった。次の日、安次は、「大椿」

の枝で縊死体となって発見されたのである。部落のきまりでは、「窃盗者詮議ニ掛リタル時間、一時間一戸ニ付五銭ノ日役、並ビニ他ノ諸費用全部窃盗者ノ負担トスルコト。」

　少年たちがカシの木を伝って「大椿」に移った時、からだの奥を妙な冷たい風が吹き過ぎる。それは怖いようでもあり、おもしろいようでもあった。

八、おみやげに 米 シイタケ お茶

二日間お世話になった正則さんの家をあとにする
中学校の時までこの村で暮らし
ほんの数人の進学組として高知市へ出たのだが
部落の人や同級生たちは私の名前と後姿を心に持ち
いまでも忘れてはいなかった

湯船から自然にあふれ出るお湯のようなふるさとの心に別れを告げ
こんどは先祖の骨を連れて村を出る
光りさざめく四万十川　川岸に並ぶ家
水面や岩の上を這うようにして渡る沈下橋

山桜は煙のように白く
鮭色の葉になったものもある
川沿いの旧道の桜の巨木は満開で
舗道に散りしいた花びらは車が通ると波のようにわきかえる

ああ　これで私の春休みも終わったか
新学期からまたきびしい進学指導に突入だ
いなかの「いい子」を集めては　都会の「いい大学」へ送り出す
なんか不思議なめぐりあわせだなあ

ふるさとを脱出したつもりでいるが
実はますます教壇で　貧しいふるさとを生きている
のかもしれん
そんなことを考えながらハンドルを握る
父は安心したように　疲れた老人となって眠りにつき

十和村が　四万十川が
そしていくえにも重なる「時」が
水あめのように溶けてうしろへ散る

〔注10〕　少年たちは四万十川の村々を離れた。離れつづけた。女も、老人も、父も、母も。

その中でも、痛ましい記憶となって残るのは、敗戦まぎわの満蒙開拓団であろう。望まずして渡満を押しつけられ、家族のほとんどを失って、再び村へ帰ってこなければならなかった。特に旧十川村は、入植者五四七名中、死者三六一名で、その惨劇のほどがしのばれる。「第十二次十川村集団開拓団編成計画書」によると、当時の十川村総戸数五六七戸中、二〇〇戸の満州分村計画となっている。しかも十川は、小規模農家ないし賃労働者が多いことなどから、分村の指導村として位置づけられていたようである。八反歩以下の農民は、「優先的渡満ノ資格ヲ有スル」とあり、これは「権利」ではなく、ほとんど「義務」の様相を帯びていた。

川口部落氏神神社の宝物殿から発見された開拓団関係の部落総会議事録によると、部落会で渡満者を決めるまでが実に大変で、はてしなく会議に会議を重ねたことがわかる。それ自体、一つのドラマとなっている。議事録の最初には、会のたびに、国民儀礼、宮城遥拝、皇国必勝祈願、と書かれてある。

『十和村史』（昭和五十九年）の執筆者のひとりでもある上田博信氏は、「『満州国第十二次集団万山十川開拓団史資料集』を読んで」（「兆」33号）の中で、次のように書いていた。

――ともあれ、さいごの一人は、十九年十二月四日の部落総会で、区長が辞意をほのめかして（?・）、解散の後、「帰宅後話ニ話ヲ致サレ其ノ結果」、「仕方ナク行キマスト申サレ」て、決まった。（中略）

わたしを重苦しい気分にさせたのは、人情に富んでいるところ、「円満」を大切にするところ、そういうところが、戦争などの「国策」に目をつけられ、その網にすくいとられるというこの構造である。さらに、また、そのことを、ただ「利用された」とだけ言ってよいのかどうかといった思いである。

たとえば、敗戦後の地獄の苦しみと屈辱の中でも、開拓団すなわち十川村分村のひとびとが、精神的にばらばらにならず、辛うじて、「分村」でありつづけたことが、そこでの、ひとびとの救いであったのではないか、と考えたりする――。

〔注11〕　長い長い時間を越えて、四万十川は流れつづけている。まことに、山河在り、である。

いま十和村は人口約五千。重点施策として、シイタケ、茶、養蚕、山間酪農、山村開発センターを中心とする地域コミュニティの育成。十和大神楽は、国の重要無形民俗文化財にも指定された。

特に、八月のお盆のころの「四万十川祭り」は、この山深い村にとつぜん都が出現したかのようなにぎわいをみせる。河原に舞台が設けられ、町から〝歌手〟を呼んでのカラオケ大会、ウナギのつかみ取り、アユの塩焼き、部落の神社から集まった牛鬼の乱舞、花取り踊り……。かつての満州分村の時、十川がその指導村の役割を果たしたように、いまや過疎対策のモデル村となっている。

しかし、正則さんがこんな話もしてくれた。

――あの四万十川祭りの時に打ち上げる花火が、なかなかお金がいってねえ。寄付を集めに来るけんど、中には出しにくい家もあらあえ。しかも、マスコミに宣伝され何万の観光客が来るか知らんが、お金はあんまり村へは落ちりゃせん。みんな日帰りで町へいぬるし、タコ焼きにしても、アイスクリームにしても、たいていは町から来た人が売ってしもうて。けんど、みんなあの祭りを楽しみにはしちょるねえ。村を出た人も帰ってくるし――。

九、四七八番をおあけください

牧師さん　連れてきた若い伝道師　父の三人が
大きな声で讃美歌をうたった
私たち家族のものは
神妙に正座してつぶやくように歌詞を追う

海ゆくとも　山ゆくとも
わが霊のやすみ　いずこにか得ん
うきことのみ　しげきこの世
なにをかもかたく　たのむべしや
死ぬるも死の　おわりならず
生けるもいのちの　またきならず

夕暮れの空気とともに菜の花の香りがしのび込む

高知市の自宅に帰ってからの納骨の儀式は
父の通う教会の牧師さんにお願いした
お話が始まった

父の信仰あつき日常生活について
子どものため老人のため弱き者のために労を惜し
　まず尽くしていること
このような愛の心は
父だけの意思で達せられるものではなく

祖父母をはじめ遠い祖先の願いが結実したもので
　あり
神の導きによるものであること
その祖先の御霊が
きょうこのように神と出会われたことを祝福する

……

私は目を閉じて　きのうのタユウさんの姿を思い
　うかべた
土の上にひざまずき
小さなお札を石碑にすりつけすりつけ祝詞を唱え
　ていた
骨たちよ　しかしきょうは選ばれて
洗練された神と出会う
ちょっととまどっているんじゃないのかね

私が壺を抱く
子どもたちが花束を分け持ち　妻が水差しを
父がみなを近くの栗の木の多い小山に案内した
新しい花崗岩には十字が刻まれ「神は愛である」
と

　なつかしくも　うかぶおもい
　あまつ故郷は　ややにちかし
　ふるさと　ふるさと
　こいしき故郷　ややにちかし
分厚い石の戸をずらせて壺は中に納められた
父はうれしそうに牧師さんに挨拶する
もう長いあいだ
先祖の墓を高知へ持ってこにゃいかんと思うちょ
りました
一家というものはこうやって　一つところにおら
にゃいけませんねえ

〔注12〕「嗣夫」という私の名前は、愛媛のある牧師さんがつけてくれたものだと、父に聞いたことがある。聖書、マタイ伝福音書第五章、「幸福《さいはひ》なるかな、柔和なる者。その人は地を嗣《つ》がん。」より。ふるさとを離れようとする私にとって、それはどのような「地」なのだろう。

十、わが家の祭りは終わった

風呂に入り寝床について　この一両日をふりかえる
陽気な墓掘り　八畳間でのにぎやかな酒盛り
讃美歌　牧師さんのことば……
これでふるさと脱出は完了した

四万十川の山奥から高知市へ　おじいちゃん　おばあちゃん
よかったね　やっと町へ出てきたよ
これからは近くで一緒に暮らせる
そう呼びかけながらも

神は愛の下で
骨たちは高知の一夜を安眠できるだろうか
祖父が生きていたころ　高知へ出てきても
すぐ山の仕事を思いつき　そそくさと立石へ帰っていったが

ナバ（きのこ）木を切らにゃいけん
いんで田ごしらえもせにゃいけん　草も茂っちょるし
いても立ってもいられなくなっているのではないか

眠れなくなった私のからだが　その時
すーっと中空へ浮遊しはじめた　と思ったら
闇の中に沈んでいくふるさとの墓地が　はっきりと
見えてきたのだった
かたわらの桜の古木が花を散らせている

穴に投げ込まれた石碑が横になり斜めになり
さらに底へ底へと
やがてその静寂の中で
あちらから　こちらから　つぶやくようなうめく
　ような声が起こった

散らばってひっそりしていた骨たちが身を起こし
　はじめたのだ
もはや祖父ではなくなった祖父の破片
祖母ではなくなった祖母の破片が
もとの姿にかえろうとして

自分の名前の刻まれた重い石がたたきつけられ
　のしかかっているので
苦しい息づかいが闇の中に満ちる
骨は動き　土はゆるみ　石はずれ……

お互いに呼び合い求め合う

しかし　もとの姿にもどろうにも
いくつかのつぶれた箇所があり　欠けた部分があ
　るのだ
そのことに気がついて
また骨たちの新しい驚き　悲鳴　笑い声がどっと
　起こる

嗣よ　この墓へ来ちゃいかんぞ　墓を拝んじゃい
　かん
ここはもう先祖の墓じゃないことを知っちょけよ
聞こえてくるのは正則さんの声か
骨たちはそれでも立ち上がり

牛も起き　犬がほえ　ムササビが飛び
向こうの山　こちらの谷　しだいに大きく呼び合

い応え合う
太鼓の音も聞こえる
育たずに死んでいったおびただしい嬰児たちが
石ころの闇の中で光のような繭を作っているのが
　見える
土地争いで肩をなたで切られた男は
もういっぽうの手でたいまつをともして
こちらをのぞき込む
その前を
美しい魚が何匹も横切っていく
闇そのものが　かすかな光のようでもある
イノシシを追って走る者
草の中にうずくまる者
頭が半分欠けたまま　ひょうげた踊りをおどる者
浮遊する私はどこにいるのだろう　はっきり目を
　あけて
骨たちのにぎやかなうめき声　笑い声を
聞いていた
闇の中にも
四万十川祭りがあるのだった

＊　この詩集を書くにあたって、次の資料を参考にさせていただきました。部分的に引用した箇所もあります。
　十和村史（十和村史編纂委員会）
　十和の民俗 上・下（十和村教育委員会）
　満州国第十二次集団万山十川開拓団史資料集
　（十和村教育委員会）
　高知年鑑（高知新聞社）
　出発のためのエッセイ（上田博信）

詩集『ガソリンスタンドで』（一九九五年）抄

ことばのある風景

ことばは
それぞれ輪のかたちをしているから
この世に突き出た棒にむかって次々と投げられる
輪投げ遊びのように
いや
逆に言ったほうがいいのかも知れない
人はことばの輪を投げることで
それらのことばを貫くきっぱりとした棒を
突起させるのだと

投げられたことばは
立ち現われてくる棒にひっかかり
くるくるっと回転するようにふるえて
静止する
そのとき少しくらい汗ばむこともあるだろう
あるいは他の棒の側面にあたってはね返り
曲線を描いてころがり
倒れる
残念そうに　あるいはほっとした表情で
ひっかかる棒を呼び起こすことができないまま
横すべりすることばもある

しかし　これらのことばは
どこかでお互いに交わり接することはあっても
重なり合うことはない
「男」と「女」はもちろん
たとえば「希望」と「希望」さえも

このようにして私もことばの輪を投げつづけ

疲れて夕暮れ家に帰っていく
（一つのことばの輪の中へ）
ところが
顔をゆがめて眠りに落ちたあと
あちこちの棒にひっかかったことばを
はずしてやり
拾い集めて歩く者がいるのだ
先ほどまで
それこそ折れた棒のようになって
夜更けの屋台で飲んでいた男である

この男の袋の中で
はじめて
私の「男」と「女」は重なり合うことができる
「砂」と「砂」も

花梨

花梨をアルコールに漬けた
天から降ってきた10個くらいの花梨に
果実酒用アルコール1.8 *l*を
ゆっくり注いだ
花梨　かりん
いい音じゃないか
台所の薄暗いところに置いて
いい音がひろがっていくに任せた

左手をかいでみると　花梨の香り！
五つの指が　どれも花梨
てのひらも　花梨
しっかりつかんで洗ったから

この香りはことばでは伝えられない
なにかにたとえて
香りを意味として広げたくない　移したくない

ついでに右手をかいだら　なんの香り?
それはタワシのにおい
しめっぽい
くらしの
底の
かたまりのにおい
右手と左手をそっと重ねて　かりんとつぶやく

意味として広げたくない　移したくない
とさきほど言ったが
天から降ってきた10個ほどの花梨を
わたしのところへ届けてくれた
あのひとのほうへ

香りをすこし溶かしたい

サザンカ

もうすぐ終わりになるサザンカの　紅が散りこぼれ
空が水色に輝きはじめた二月
「きみら　いま何歳?」
中学生たちの教室で
ふとそんなふうに聞いてみた
「13。」

13歳!
あたりまえのことだが　なぜか
13は新鮮だった
そうか

きみら一人前の顔はしているが
ついこの前まで　はいはいをしていたわけだ
お母さんに抱かれておっぱいを吸っていた
その少し前はまだからだもなくて
愛しあう男と女にはげしく呼びかわされた
一つのことばにすぎなかったんだね

（今でも　半分くらいはことばのままだ）

13歳につまずいて
廊下をひとり帰ってくる
帰りながら　数えきれない季節をくぐる
そう
自分もいま
一つのことばの方向へ帰っているのだ
近しい者の間で呼びかわされ
しだいにとぎれ　忘れられ……

そして
水色に広がる空と　サザンカの花

初夏

その日は「スコップ」
から始まった

というのは
車で出勤の途上
前を行く四輪駆動車のうしろに
一本のスコップが
目もさめる鮮やかさで取り付けてあったのだ
それはスペアタイヤを押さえつけるために
斜めに装備されていた

一つの道具が
ある思いがけない位置にととのえられた時
ほこらしげな
実に vivid な輝きを放つことがある
それはもう道具をこえて
ことばにまで羽化しようとする

そう
その日はスコップ一本で満ちたりていた
朝の土佐道路を走る私の心を
スコップよ　と呼んでもよかったし
歩道を歩く女性たちの服の下にも
やわらかいスコップが隠されているのは確実だった

初夏の　死体を埋めるもの
新しい水脈を掘り出すもの

ただし
「スコップを埋めるスコップ」というようなところへ
あまり深く迷い込まないように

職場に着くと
けさ庭に咲いていたスコップの幾本を
花瓶に活けた

朝

7月12日
静かな朝食をとっていると
テレビ画面に
アメリカとベトナム　国交樹立　というニュースが流れた

怨念のベトナム戦争終結から20年ぶりである
私は
ほたれ　トマト　冷や奴　を食べながら
梅雨明けのさわやかな気持ちで　ニュースを聞い
　た

そういえばゆうべ　私は
むかしのレコードを遅くまで聴いたのだった
カルメン・マキ　アダモ　吉田拓郎　加藤登紀子
白く輝くような数々の夏や　秋を
思い出しながら
さとうきび畑のむこうから飛びたつ爆撃機
『ねじ式』のメメクラゲの海岸
読書会
デモのとき腕を組んだ女の子の横顔
「殺すな」の胸……

「戦争の傷をいやし、国内での対立を過去のもの
　にしよう」
と　クリントン大統領は演説した
多くの反対を承知の上で
この時期　ベトナムとの関係正常化に踏みきった
　のは
アジアにおける発言権の強化
行方不明米兵問題
台湾問題にからんで関係がぎくしゃくしている中
　国を牽制すること
次期大統領選をにらんで
和解や　連帯に
叙情の入りこむすきまはない

私は冷や奴を食べ
夏シャツを着
ぎりぎりの　力学としての朝にむけて

出勤する
ほんのすこし
新しいうたを捜すこころを　火種として

＊『ねじ式』――漫画家、つげ義春の代表作。
＊「殺すな」――べ平連のバッジ。

詩集『薊野１２４１』（一九九七年）抄

名

薊野1241　と書く
これは地名　番地　住所である
「薊野」をたとえば「すすき野」に
「1241」をたとえば「25」に書き替えることもで
　きるが
そんなことをしてもたいして意味はない
かえって余計な問題をかかえ込むだけだ
「薊野1241」でよい

これは私の住所である
縦穴であり横穴であり湿気であり乾燥である
ほかの人には何の関係もない　だから

何の興味もないかもしれない
もし勝手に他人が関係してきたら
困ったことになる
法をもって排除――そんなものものしいことになる
かもしれない

薊野1241
これは私だけの場所
私の肉体を住まわせる肉体
私の精神（もしあるとして）を鎮める精神のようなものである
だから　その名を呼びながら
私は繰り返し帰っていく
どんなに真っ暗でも
どんなに酔っぱらっても　そこに帰っていく
途中　月に向かって小便することはある
突然　野犬におびやかされることもある

境界

薊野1241に隣接して
1240が
ふいと立ち上がることがある
だれかを呼ぶ声
ものを動かすけはい
水を使う音……
私のものではない不思議な音に聞き耳を立てる時
1241と　1240との境界が
かすかにふるえる
薊野1241に　どこからか一匹の猫が迷い込んだ
魚の煮付けの残りをやると

食べ終わって
ありがとうも言わずに1240のほうへ歩いていく
そのとき境界線を引っかけた
引っかけたまま1240へぐいと入り込んでいく
ゴムのようにのびる境界線
と思ったら　猫からはずれて
もとの位置にもどってふるえた

薊野1241と　1240との境界に
アジサイの花が咲く
境界が
鮮やかな花色に　からくれないに　深い紫に溶け
　ていく
1240から聞こえる声が　私の声のつづきとなる
ただし
よく見てください
アジサイの根元の暗がりには

しばしばヘビが住んでいるのだ
薊野1241と　1240との境界を
長いヘビが縫うように這う
いえ
その時ヘビは境界そのものだ
私は棒で軽くたたいて追っぱらう
ぽんぽんと　背骨か肉か　音がした
急に向きをかえ　1241のほうへ入り込んでくる
はねとばそうとしても
強い力で外壁のトタンの間に逃げ込んだ

薊野1241
夜は冷たい一本の生きものを抱いて
眠りにつく

カナカナ

薊野1241
カナカナが鳴きはじめる
もうすぐ梅雨も明けようとする七月の初め
ふと　遠くから
ひとすじの澄みきった声で

声はやがて近くの山で
ひびきあう無数の声となって
薊野1241を鎮めるように
薊野1241を呼びさますように
私はソファに横になり　カナカナを聞く
からだが　裏もなく　表もなく　ほどけていく

「即物的に見れば、人間は多数の管《チューブ》から成っている。あなたが、たとえば癌の末期になって集中治療室に入れられると、あなたのすべての管《チューブ》は外部の管につながれる。そのときあなたは人間が管《チューブ》の集合体であることを知るであろう。*」

私は勤めから帰り　シャワーを浴び
もっとも単純なチューブとなって　カナカナを聞く
何百年かむかし
私がちちははと一緒に暮らしていたときのことな
　ど思い出しながら
あるいはこれから先
自分のことばに難渋して生きていくことなど考え
　ながら

横たわるチューブの束

それを構成する一つ一つの物質　それらの
「系」が
すべて読み解かれたとき
たとえば　どんな詩の一行を書きしるすこと
　　ができるだろう
私のものではない「ことば」を使って……

薊野1241
横の山でカナカナが鳴く　ふれあう鈴と鈴のよう
に
私と　それをつつむもうひとつの　チューブ1241
その空洞に鳴りひびく
薊野1241　それ自体が
やわらかい楽器（organ）となるのを
いざなうように

＊　多田富雄『免疫の意味論』（青土社）

詩集『春の庭で』（二〇〇一年）抄

花野

秋の好天に誘われて　私は県立美術館で開かれている現代工芸展を見に行った　白い布の展示台に並べられた作品は　そのほとんどがいわゆる焼き物で　しかも壺や甕の類が多かった　丸い形のもの　どこか歪んだもの　細長いもの「灰釉彩壺」「広口花器」「残照」「霧流る」……　ぽっかり開いた口をのぞき込む　それぞれの濃度の闇がたまっている　闇に耳を近づけると　深い無音が逆に遠い瀬音のような白いざわめきを生み出していた　そこには不思議な力が働いていて　たえず外部の何かを吸い込んでいるのではないか　閉じ込めた闇が小宇宙として発光　つまり臨界状態にな

るのを恐れ　抑えるかのように　壺の外面は象嵌
で飾られ　祈りの色調の絵付が施され　器を鎮め
るための名が与えられている　しかしそれでも並
べられた壺や甕は　狂おしくなにかを待ちつづけ
るものの姿としか言いようがなかった　以上のよ
うなことを確かめて
　美術館を出ると　もうそこは
明るい野の道につづいていた　ひとり歩いて帰途
についていたとき　私はかすかな叫び声を耳にし
た　振り返ると周りですすき　われもこう　えの
ころぐさ　赤のまま　よめななどの秋草が　はげ
しく乱れ騒いでいるところだった　小さな魚の大
群に数匹の強暴な魚が突っ込み　群れはあわて
恐れ　散り　逃げまどい　また小さく合流し　群
れを作ろうとする　そのような騒ぎ方を秋草はし
ていた　叫び声はそこから発せられたものにちが
いない　なぜこんなにも乱れ騒ぐのか　私にはわ
かるような気がする　この花野からも見える美術
館に　口を持った重い器が静かに仕掛けられたか
らであろう　ことの気配をするどく感じとった秋
草たちは　そこから逃走しようと慌てているので
はないか　私の足元にまでもつれてくるものがあ
る　しかし 先ほど叫び声と言ったが　聞きよう
によっては笑い声とも受けとれた　それなら秋草
たちは　壺や甕を遠巻きにしながら　時間をかけ
てそれらと戯れようとしているのかもしれない
いずれにしても　私はこれら秋草たちの声を　聞
きもらし　聞きたがえ　聞き澄ましながら歩くほ
かはないと　花野を帰りながら思う

花

きょうはひとりで、

小春日の山の小道を歩いています。
落葉はしだいに白茶に色あせ、
さまざまな形に反り、巻き、縮み。
わたしの足元で跳んでいくもの。
窪みに集まってささやき合うもの。眠りにつくもの。
わたしの子供はどこへ遊びに行ったんでしょう。
また、涸れた花の井戸でものぞきに行ったのでしょうか。
ほんとうは、
こんな冬枯れの季節でも、
花はどこかに咲いているはずです。
冷たい極北の地でも、
背を低くして、風をよけて咲くのです。
石灰岩の石ころの中でも咲くのです。
見えない花となっても。
だからわたしは落ち着いた心で、

ひとり山道を歩いています。

あの人と出会ったのは、
空が新しい光で水色に輝きはじめる二月のことでした。ふたりでこの道を歩きました。葉を落とした雑木の山々は美しい灰桜色で、しかし近くの木々を見ると、枝先にはもういっぱいの樹液が送り届けられているとみえ、うっすら紅をさしているものもありました。そんな裸の林の中に、目もさめる鮮やかな紅色の花を開きはじめているツバキもあり、ヒヨドリが数羽、かん高い声で鳴き交わしていました。
わたしたちは手をとり、幾度も立ちどまり、抱き合い、重心がわからなくなってよろめいたり、また歩き、そして、暖かい日だまりの落葉の中に腰をおろし、手と手でお互いを確かめ合いました。
わたしがそっと横になると、あの人はわたしの上に重なって……。ふたりは落葉の底へ底へと沈んでいく。木々の梢はくねりながら空へ空へと伸びていく。わたしが目をつむると、ヒヨドリの一羽がわたしの胸の中へ飛び移ってきて、するどい叫び声をあげました。

しばらくして目をあけると、木々の枝は二月の光の中で、まぶしく輝いていました。

それからまもなく、
あの人は死にました。それがあの人の運命だったのです。白く乾いたなきがらを、土に埋め、ツバキの花を置きました。わたしはすぐに、あの人の子供を産むことができました。忙しい日々の始まりです。ヤブツバキは咲いては落ち、咲いては落ち。菜の花やレンゲの花は、咲きひろがり、咲きひろがり。わたしは花の井戸へ通いつづけました。子供の飲みもの食べものをすくいつづけました。

多くの動物たちがするように、子供をくり返しなめてあげ、おでことおでこを突き合わせ、押し転ばし、抱きしめて……。そして、桜前線が通り過ぎていく。色とりどりの花が野山に満ちる。時間はやさしく、濃く、あるいはふいに終わりそうに、うすく。

春、
子供をつれて花を探しに行きました。花を、花の中の花を、非在の花といってもいいような花を探しに。山は、萌え出るものがいちずに、色すきとおるように重なっていく。あちこちに、ふわり、ふわりと、山桜が咲いている。ツツジやアシビも咲いている。
山道に立っていて、ふと、わたしは、自分の胸のうちから聞こえてくる不思議な音に気づきました。どろどろどろどろ。それは風の音のような、水の音のような。どろどろどろどろ、水煙を上げて落ちる滝の音のような……。そう、わたしの胸のうちには、抛物線を描く一本の白い滝が育っていたのです。なぜか急にこわくなって、子供の手を引きとめ、それでもじっと耳を澄ましていました。わたしは、何かにいざなわれるように、この滝を探しに来たのかも知れません。ふたりのそばには、金のミツマタの花、イタドリの枯れ枝など。


季節はすこしずつ移っていく。

山々は、まるでことばを発するように、日に日に新しい緑にときめいていく。見おろす川は、まるで心を抱くように、ふくらみ、ほそり、ゆるやかな曲線を描く。わたしはとり残され、そしてまた急いで追いつこうとする。谷間にはエゴの花が鈴なりに咲き、甘い香りがただよいました。シイの花やクリの花、そして数々のウツギ。朝に夕に花の井戸への幾往復。大切な飲みもの食べものを汲みつづけました。


ネムの花が咲いて、夏が来ました。

時の重なりが、ぽっぽっとピンクの断面を見せる。

わたしは川に降り、澄みきった水の中をはだしで歩く。小さな魚があわてて散っていく。アユたちが水苔を食べたあとが、キスマークのように水底の石についている、かすり模様に。

またわたしは子供をつれて、小高い丘へ登っていく。田んぼの水のにおい。草の中のオニユリ、ヒルガオ、ノカンゾウ。丘のむこうにはまぶしく輝く入道雲が立ち上がっていました。ゆっくりと大地も傾くように。わたしは子供と手をつないで入道雲を見上げました。さわさわさわさわ、夏の風が渡っていきました。さわさわとカヤが波をつくり、さわさわさわさわ木の葉が白く裏返る。ふたりは何かを待って、何かを聴こうとして、いつまでも草の小道に立っていました。さわさわさわさわ、やわらかく大きなものが吹きすぎていきました。

わたしは子供の体を洗ってやる。よごれたものは始末する。抱きしめ、突き放し、そして抱きしめ、ふたりの間にことばが育っていく。やがて地にはクズの花、秋がおとずれました。クズの花の咲くころには、川に大きなカニが下ってくるといいますね。そんな川べりをすばやくヒガンバナが燃え移っていくと、それを合図に、見渡すかぎりの花野となる。夜は虫どもの声、虫どもの沈黙が、世界のすみずみまで満ちる。そんなとき、わたしはくり返し、子供にお話をして聞かせました。遠いツバキの花のこと、花の井戸や滝のこと、いろいろな動物たちの物語……。

いつしかススキの原も枯れ、降りつもった光の波となりました。

もう冬です。

山々はすっかり葉を落とし、あの寂しく美しい灰桜色にかわっていきます。でも心配はありません。クズの花の咲くころに汲み上げた食べものを、十分たくわえてありますから。子供も、わたしのもとからいつでも飛び立っていくことができるくらいに、成長しましたから。

ある日、向こうの山々を眺めていたら、その一つの頂上に、白い道が絡みつくように伸びていました。トラックが登り降りしています。どうやら山の頂上を切りくずし、石灰岩を運びおろしているようです。あんな石ころを、どうするんでしょうね。あれを使って、壊れやすい建物をたてるんでしょうか。消えやすい橋を架けるのでしょうか。

その時ふっと、不思議な思いが胸をよぎりました。わたしはいまひとりの女性として生きているけれど、ほんとうは男だったのではないか。たとえばあの石灰岩を運ぶトラックの運転手だったのではないか——と。子供を育てる女性というのは、ほんの一瞬の仮の姿ではないかと。

李復言の「杜子春伝」を読んだことがありますか。杜子春は道士との約束を守りぬいたために、女性に生まれかわってしまう場面がありますね。請われて結婚し、子供まで産んでしまう。しかしその子供が夫にたたき殺された時、さすがの杜子春もたまりかね、叫び声を上げました。気がつくと、もとの場所に道士とともに立っていました。さらに、道士と一緒にいたことさえも夢だったのではないかというように、覚めていきました。

わたしも、そんなふうに覚めていくかも知れません。この約束の土地で、一つの約束をふみはずし、気がつくと、崖の上を走るひとりの運転手、あるいは運転手の子供たちを教室に集めて、むずかしい授業をしたり、テストの採点などしている教師に、なっているかも知れません。

でも、仕方ないでしょう。

運転手でも教師でも、

生きていけると思います。

落下する滝ではなく、浮遊する生暖かい存在となっても。

なぜなら、

わたしには、ツバキの花にはじまる数々の花の記憶がありますから。

花の記憶——それはきっと、

きょうからあしたへ、わたしを連れていってくれる、

ことばのようなものでしょう。

井戸

三月になったある夕方
ふと雨だれの音に気がついて
私はレースのカーテンを開けた
いつのまに！
外は盛んな雪になっていた
車庫の屋根に降ったものは溶けてしずくとなり
庭のヤブツバキに降るものはうっすらと葉に積もり
いくつか咲いた花がひときわ鮮やかだ
まっすぐに落ち　あるいは斜めに横切り　あるいは舞い上がるように降りしきる春の雪を眺めているうち　不意に私は　薄暗くなりかけた庭のかたすみに　古い掘り井戸が住みついているのに気がついた　そう　いつからか井戸がそこに　ひっそりと生きていたのだ
私はカーテンのかげに立ったまま　井戸の記憶を呼びもどそうと試みた　例えば私の幼い子供たちが庭で水遊びをしていたころ　井戸は何を考え何をしていたのだろう　子供たちからすこし離れて　ころんころんと笑い声でも立てていたのだろうか　私の生徒たちが突然の事故に巻き込まれ亡くなった日　私は夜おそく　泣きながら学校から帰ってきたのだが　そのとき井戸はどうしていたのだろう　やはり深い悲しみに沈んでいたのだろうか　長い長い年月　凍てつく冬の日　赤錆色の汚れた水の湧く夏の日　井戸はどのように潜み遊び　声を上げてきたのだろう　深呼吸をしに森へ出かけ　澄んだ音楽を聴くために星空へ飛び立ったこともあったのだろうか

確かなことは　いま私の庭のかたすみに　古い井戸が　うずくまるように住みついているということである　ひたすらに生きてきたものが持つ深い陰影をまとって　いや　まるで何かを扼殺でもしてきたかのように　音もなく　憔悴しきっている　その井戸を飾るように　ヤブツバキが深紅の花をつけ　やわらかく包むように　春の雪が降り込めている

私に寄り添うように
庭に住みついてきた古い掘り井戸
そして
井戸をほとんど聴くこともなく
年を重ねてきた私
しかし
日常のおりふしにふと私が口ずさんでいたのは
知らず知らずのうちに聴き覚えた井戸の歌
だったのではないか
私がときおりみせる怒りや
何かに対する小さな意志の身振りも
地下から汲み上げつづけてきた井戸の文法
によるものかもしれない

詩集『ささやかなこと』(二〇〇四年)抄

東北への旅

列車は春まっただ中を突きぬけていく
四国山地はどこもツツジと山桜だ
わたしたちは仙台に住む仲間に会いに行くのだが
ついでに宮沢賢治のあとをたずね
盛岡まで行ってそこで句会でも開こうかというこ
　とになっている
さっそく車窓の風景を拾いながら
「どの駅も桜……」とつぶやいて
ふと先ごろ読んだ『吉本隆明歳時記』を思い出し
　てしまった
田中冬二の「虹」を引用しながら次のように述べ
　てある

——偶然ある朝眼に触れた日常の一齣を、
自然時間の流れの順序に、
自然時間の流れとおなじ速さで切抜いただけでな
　いか。(中略)
〈詩〉はもともと言葉が自然時間を拒否するとこ
　ろから
はじまるはずだ。
ある時自然の草花を投げ入れただけの生け花に、
美を感ずることがありうるように、
こういう詩をかいてしまうことはありうる。
けれど失敗としてありうるというにすぎない。
——
失敗だと!
なんときびしいことをおっしゃる
実はわたしの書架には田中冬二全集がどんと並ん
　でいるのだ
わたしは「失敗」が好きなのだろうか　心が弱い

のだろうか
「どの駅も桜」が急に色あせてしまったので
トンネルに入る前に車窓から投げ捨てる
しかしそれにしても
きょうは遠方のなつかしい仲間に会いに行くとこ
ろ
無理に自然時間に敵愾心を持たないで
自然時間とたわむれていたいのだが
列車は「南風」4号から「ひかり」100号へ
後ろへちぎれとぶ風景をそのままに
考え　眠って　駅弁たべて　また考え込んで
たしかに人間の精神というやつは
自然をそのままでは受け入れようとしないやっか
いものだ
自然時間に逆らって
別の時間（文化）を創り出そうとする本質がある
でも最近になって
地球という自然時間の声もちょっと聞いてみては
ということになっているようだが　これはどうい
うことだ
人間の精神のほうが逆に変形を受けたのか
その時わたしはまた一つの言葉を思い出した
真木悠介が　詩人山尾三省と共に暮らす順子さん
のことば
「ただ生きる、ということを、したいのよね」を
とりあげた文章で
——表現が、あらわす、ということであるかぎり、
それはいつでも、いくぶんか、生を裏切る。
しかし表現は、あらわれる、ということであるこ
ともできる。
表現が〈あらわす〉ということでなく、
〈あらわれる〉ということであるかぎりにおいて、
表現は、生を裏切ることのないものであることが
できる。（中略）

〈あらわす〉ことを、そぎ落とすこと。
〈あらわれる〉ことに向かって、純化すること。
洗われるように現われることばに向かって、降りてゆくこと。――
わたしたちの列車は
東京駅から「はやて」19号へ
桜前線を追い越して　風景をそぎ落とすように仙台に向かう
あらわれる?
ほんとうにあらわれるだろうか
(仙台駅では待ち合わせの場所に仲間があらわれなくて慌てたのだが
この話はここでは措く)
そういえば
木を削って仁王像を彫りだそうとするのだが
木の中に埋まっているはずの仁王はいっこうにあらわれない、という話もある

あらわれる、というのは一種の奇跡なのかもしれない
次の日　わたしたちは案内されて名取川畔を歩く
山すそのあちこちに
うつむいた形のカタクリのつぼみ
このカタクリが　曲がったかたちでそのまま句であればいい
と思いながら
その次の日は花巻の宮沢賢治記念館あたりの松林をさまよう
すんなりと幹をくねらせて立つ赤松が
女体のようなその艶な姿のまま同時に詩であればいい
と夢みながら
しかし　この旅の途上の浮遊感
これも自然時間なるものだろうか　あぶないあぶない

とうとう最終目的地である盛岡に着いた
着くまでずっと自然時間につきまとわれていたような気もする
自然時間って　何だろう
四季おりおりの景物
それを受けとめる日本の伝統的な感性、ということか
自然時間を拒否し
拒否するエゴをいましめるために「あらわれる」のを待ち
自然時間とたわむれ　また抜け出し
ただいっしんの　カタクリ
ただひたすらの　雪うすべにの南部片富士
ただゆったりの　旅のわたし
盛岡駅前の和食「秀衡」で山菜づくしを注文したら
うど、こごみ、しどけ、葉わさび、ふきのとう、
行者にんにく、
なんかが出てきたが
これらもすべて　おいしい謎だ
当地のお酒を少しいただいて
夜の句会のころにはもう
精神だの表現だの　何がなんだかわからなく
〈小岩井農場〉
春浅き四次元の森に迷ひたし

＊　真木悠介『旅のノートから』（岩波書店）

携帯電話

用を足していて携帯電話を便器の中に落としてしまった
という人もいるのではないか

わたしのかけた電話がたまたま
むこうの汚物の中で鳴りだしたとしたら

たすけて、という悲鳴のようなコール
あわて　あせり　便器周辺の緊急事態を
しばらくして
わたしの親指の先が鎮めることになるのだろうか

切り餅をのみ込むように携帯電話をのみ込んで
わたしのかけた電話が
相手のおなかの中で鳴りだしたとしたら
声の予感のあやしい震えが　どんなに体を満たす
　だろう

もし何かの拍子につながって　もしもしと話しか
　けたら
生きてるよ、というように

心臓はどーん　どーん
血流が早瀬の音をひびかせてくれるだろうか

もし　わたしのかけた電話が
相手の女性の膣の中で鳴りだしたとしたら……
（もう
こんなへんなことばかり想像するんだから）

どこかの軍隊に　ハイテク操作のミサイル攻撃を
　受け
体が裂けてしまった人のそばで携帯電話が鳴りは
　じめたら
もし
そんな現場にわたしの声が届けられることになっ
　たなら

愛してるよ、と

静かに　はっきり　言えるだろうか

ある夕食会

好日と呼んでいい日があるものである
その日もどういう風の吹きまわしか
いや
一日がすっかり
淡い風になってしまうような日であった

退職前後の男女六人が
高知市Sホテル12階のすみれの間で
夕食会をするという
それぞれにさまよいつづける六本の心が
急に一点で交差するという

懐石料理をいただきながら
孫の話や
信号を突き抜けて通りすぎた国体観戦の宮様の話
下着をその場で脱いで客に売る女の子のアルバイ
　トの話……
たわいもないひとときだったが

しかしこれを至福と呼ばずに何と呼ぼう
熟年男女がお城の見えるビルの高いところで御馳
　走を食べる
こっけいで　そして愛《かな》しく
「すみれの間」とは
六本の心が編んだ花籠のことである

時間がきて
花籠を解く
女二人男一人はのこしてきた家族のほうへまっす

ぐに
男二人女一人はいましばらく
三本がうまく交差する三角地帯を求めて
焼酎専門のスナックでムギを飲んでいるうち
やがて男一人は「あした」を思い出して帰ってい
き
残った二人が「きょう」をおかわりしていたら
詩人とやらが
顎のところを蛍光させて入ってきたり

好日と呼んでもいいと思う
女一人が夜更けの風の中に消えたあと
わたしはひとり歩いた
気がついたら初めのSホテルの真向かいに来てい
た
その窓という窓はもう暗かったのに

12階のすみれの間だけはまだ明かりが灯っていた
六人の男女が窓辺に並んでこちらを見下ろしてい
る
若い日のわたしたちである
さよなら
おやすみ！

わたしは手を振ってから　タクシーを拾った

詩集『花ものがたり』（二〇〇七年）抄

小さなビッグ・バン

もちろん
落葉の下にもぐっていく一匹のカブトムシでもいいのだが
ここでは　例えば
庭のかたすみに植えつけられた一個のスイセン
——その
憲法色《けんぽういろ》の球根のことを
思い描いてください
それは中心にむかって凝縮したエネルギーの塊だから
やがて　爆発を起こす
一つが二つに　二つが四つに　四つが八つ九つに
……
またたくまに分球増殖し
波紋のように周囲に広がっていく
それは小さなビッグ・バン
静かに潜行するかと思えば
ときどき宇宙に白い閃光を放つ
風に吹き流されてくるその放電の香りを
あなたも
ふと
買物帰りの道などで聞くことがあるだろう
少しずつ進んでいく球根の前に
むこうから砂漠が近づいてくることもある
球根は立ち止まり
とまどい
あるものは枯死し

あるものはかろうじて自分の深部に潜み耐える
また　広がっていく球根の先端部分に
投下された爆弾が炸裂することもある
球根は無残に飛び散っていく
中には傷ついたまま着地し　土にもぐり込むもの
　もあるはずだ
「スイセン」で行き詰まったとき
「細胞」まで降りてくるのだ

このようにして球根の波紋は広がっていく
障害物に出会って　反射し
屈折し
あるいは回折し
またお互いに干渉し合いながら進んでいく
そうして何百年
何千年か後に
あなたの光の傾斜地に到達するだろう

スイセンを出迎える用意を
していてください

駐車場で

駐車場のふちに
金木犀の若木が並んでいて
いまちょうど花盛りだった

その中の一本をめがけて
車をまっすぐに進め
木の手前でちょっとブレーキを踏み
踏んだ足をすこしゆるめるようにしながら
ぐい、ぐい、と接近し
金木犀に触れるか触れないかの位置に停車した
その時である

目前の金木犀がとつぜん
ふるえるようになまめき
満身の花を輝かせるのを見た
ただの金木犀が
ほんとうの金木犀に変身した不思議な一瞬だった

花をつけた金木犀、といったが
金木犀でなくてもよかったのかもしれない
花でなくても
たとえば
駐車場のふちに並べられた古い木箱、
でもよかったのではないか
それをめがけてまっすぐに近づき
触れるか触れないかの位置にぐい、ぐい、と接近
　して止める
その迫り方によって
木箱は一瞬

花となってにおいたつのではないか
おもむろにドアを開け
車から降りる
花の香りがしっかりとわたしをつつむ

水仙

早めの夕食をとっていた母の　箸が
ふと宙に止まり
目があやしく光り
おびえた表情になる
——だれか来た　ワタシを殺しに来た
母は箸を置いて立ち上がる
聞き耳を立てるように玄関へ
わたしもその後についていく

（母が母でなくなるのは　いつもたそがれ時だ）

フィルムに焼き付けられた母の脳はすっかり萎縮し、周りに水がたまっている。水にゆられるように母はしばしば譫妄に襲われる。食事の時、「もっと食べえや。ありゃ、はやおなかがいっぱいになった」などと、自問自答に近い対話をしながら、横にいる見えない客にごはんをよそう。また寝る時も、だれと一夜を過ごすつもりか、自分の寝床の横にもう一つ敷布団を広げることがある。台所で、あるいは洗面で、水道栓の水を出しっぱなしにして、その水にむかって何やらぼそぼそ話しかけたりもする。時にはだれかに誘われるように家を出て、帰ってこなくなったり……。

母がこんなふうになってから、父はわたしに、二人が若かったころの話をしてくれた。例えば結婚は、仲人も式も披露宴もない、あのころの自由結婚だったという。友人たちの計らいで、母は親の反対するなか父のもとに走ってきた。親が連れもどしに来た時も、紙漉の槽にとりついていっかな手を放さなかったのだという。

激しい炎につつまれたこともある母の脳は、いま小さく萎縮し、ひとり水の中で浮遊している。

だれも来ちゃあせんよ、といっても
母は玄関の戸を開けて外をのぞく
ほらね、だれもおらんろう
――うそを言うな、ハツコが来ちょる、家の中へ入った
ふるさとの友人ハツコが来て　いま寝室に隠れたという
母について今度は寝室に入る
だあれもおらんじゃないか

うそを言うな、とまたきつい目で押入れを指さす
わたしが襖を開ける
おらんじゃないか、だれも
――そこにおらあえ、声がする
どこに？
――その奥よえ
仕舞ってある何かの箱と扇風機をとりのけた
どこにもおらんよ、ほら
――おるじゃないか、そりゃ、もっと奥
もうええ！と母は腹をたて　わたしをにらみつけた
隠れているハツコを見つけようと　家の奥の奥へ
　入ろうとする
もう捜すのはやめようよ……
わたしは押入れから出てきて
部屋のまん中に立っている母を　抱きしめた
――何をする！
激しいけんまくで振りほどこうとした
もういい、もういい、だれも来てないからね
わたしはさらに強く抱きしめる
――いやらしい！
母はわたしを　思いがけない力で突きとばした

そのとき
立ちすくむわたしに代わって
母を抱きに来たものがあった
開けっぱなしの玄関から忍び込んできた
水仙の香りである

花の骨

1

妹が死んだ
あふれるほどの紫陽花の
季節のまん中で
口をぽっかり開けて

二か月半ものあいだ
人工呼吸器の管を通していたから
口はもう
閉じることができない

二人めの子供を産んだ直後から
慢性関節リウマチに侵された
疼痛　骨の破壊と強直
さまざまな消炎鎮痛薬　その副作用とのたたかい

でも　やっと終わった
体重20数キロの動けなくなった妹を
夫である人は抱いて風呂にも入れていた
めぐりくる花の季節　雨の季節　夕焼けの日日
……

でもやっと終わった
息子たち　そのお嫁さん　赤ちゃん
集まった家族のまん中で
口をぽっかり開けて

死んでから始まる自分の息もある、
といった表情で

2

何かのくちばしのような
長い箸を持った喪服の人たちが
白い骨にまで行きついた妹を
取り囲む
先ほどは泣きながら
棺に花を入れたのだが
斎場の控室で
冷やしうどんなんか食べたりしているうち
すっきりとした
晴れやかな顔になってきた

足の指の骨から
順順に
はさんで壺に入れていく

ぽっかり開けていた顎の骨も
だれかが入れた
最後に
あちこち散らばっていた　花の骨を
拾って
妹のすきまに
入れてやる

夏の日に

不思議な記憶が
思いもよらない回路を通って
あざやかによみがえることがある

その日——暑い夏の日だったが
わたしはひとり部屋のまん中に座って

小さな仕事をしていた
息子は自分の作った譜面を見てもらいに
自転車で音楽の先生のところへ行っていたし
妻と娘は　何か二人だけの買物があるらしく
車で街に出ていた

庭の植込みには
ノカンゾウとサルスベリの紅が咲きついでいた
わたしは仕事を一休みして
ペットボトルの清涼飲料水を
すこし顎を上げ　口をつけ　ぐうんとひとくち飲
　んだのだ
そのとき
どうしたことか一すじの光が走り
痛いような　悲しいような　一つの記憶がよみが
　えった
これとまったく同じかっこうで
べたんと座って　顎を上げ
目だけ光らせて
水筒の水を飲んだことがある
ちょうど六十年前のこと

わたしのまわりは
いちめん焼け落ちた瓦礫の街だった
「負傷者は次から次と集まってきた。どこからと
もなく幽霊のようにすり寄ってくる。男も女も大
人も子どもも、ほとんどが半裸体。髪をふり乱し、
顔や手足は黒く汚れて傷口から赤い肉片がのぞい
ている。……」
倒れていく負傷者の中で
わたしは目だけ光らせて
だれかに手渡された水筒に口をつけ
ただ水を飲んでいた　確かに飲んでいた
からっぽになったこころのまま

いま　部屋のまん中にべたんと座って
目を光らせて清涼飲料水を飲んでいる
開け放った窓から
薄い粘膜をはぎ取るような風が通りすぎた
あの時のうす汚れた水筒は
六十年の歳月を経て
透明なペットボトルにかわっている
雨水をためたような水は
炭水化物　ナトリウム　カリウム　カルシウム
　マグネシウムなどの
スポーツドリンクに
そしてわたしも　あの時から
自分では気付かずに
何回　死んだことだろう
窓の外にはノカンゾウ　サルスベリの紅
街へ出かけていった息子らは
無事　帰ってくるだろうか

＊「　」内、石橋智栄子・大久保キミヨ看護婦談。
『写真集　原爆をみつめる』（岩波書店）より。

冬の蜘蛛

冬の蜘蛛が
まことにへたくそな巣を構えている
編み上げられた平面　その端っこには
数本の直線で組み立てられた立体の部分もある
やぶれかぶれの巣なのだが
見ようによっては完璧な美しさともいえる
糸の一本は　まっすぐ
光のかなたにつながっているのではないか

そのまん中へんに逆さにとりついて
じっとしている蜘蛛
暖かい冬日を浴びて　居眠りしているのか
もはや放射状に散開してしまった世界の底なしに
　向かって
落下しはじめる時を待っているのか
あるいは自分が蜘蛛であることの謎にひっかかっ
て
巣よりも複雑な
揺れる迷路を　ひとり
たどっているのか

はるか頭上に
黄金の
ツワブキの花を咲かせて

詩集『あなたの前に』（二〇一一年）抄

方法

修辞に疲れたときは
ちょっと立ち上がって
一つ深呼吸をして
お手洗いにでも行ってみるといい
そして手を拭いて
春の空の
とりとめのない雲を眺めてみることだ

修辞にいらだつときは
こっそりその場を抜け出して
抜け出して
しかし　別に行くところもない

行くところもないということを
軽く
口ずさんでみてはどうか

なぜそんなに
修辞にこだわるのだろう
世界は十分にここにあり
しかも変幻自在だというのに
あえて
わたしという欠如を
追いつづけようというのか

修辞で行き詰まったときは
畑にでも出て
土の上に立つのもいいではないか
茎立ちとなった高菜の花を
ぴりっとくる浅漬けにしてみよう

横の小山では　ウグイスが
ホーホケホケ

風がやわらかく包もうとしているものを
そのまま
わたしだと言ってみる方法もある

朝、病院で

ピリッ、と指先にしびれが走った
とても新鮮なしびれだった
あっ生きてる、という驚きにも似ていた

採血するとき
看護師の注射針の入れ方が
まずかったのか

一本の血液を収め
わたしの腕に小さな綿をとめながら言った
「血が止まるまでしっかり押さえていてください
　ね」

血が止まるまで――
そうね、血が止まるまで、ね
わたしは口の中でくり返した

廊下の待ち合いのソファには
うつむいたり　ひそひそ話をしたり
血が止まるまで、の人たちが並んでいた

診察までにすこし時間があったから
病院内の喫茶室で
トーストとコーヒーをたのんだ

砂糖が痛みの粒子のようにきらめき落ちる
コーヒーと白いミルクが
深く静かな渦をつくった

窓から目をやると
あわただしく街路を行き交う人たち
みんな　自分の体よりも大きな夢を抱いているん
　だろう

血が止まるまで、
の
とても新鮮な朝だった

石灰

林檎畑や麦畑で
若い男女がデートする話はあるが
わたしは
まだ何も植えていない春の畑で
女性の肌に触れてしまった

これから植えつけるカボチャやナスや
トマトのことなど思い描きながら
畑を耕し
畝を作り
石灰をまこうとしたとき

その石灰の袋に右手を突っ込んだとき

触れたのは
女性の肌！
つかんだのはやわらかい女性のからだ！
思わず手を引いてしまった

おそるおそる
石灰の袋に手を入れる
なんというなめらかな存在だろう
つかみ直しても指から流れ去っていく軽やかさ
さらに押さえると物質の重い密度
空《くう》であり　色《しき》であるもの

（こんなところで
袋に手を入れたまましゃがんでいていいのだろうか）

旧約聖書によると

神は男を土の塵で造り
女を男の肋骨で造ったという
ちがうちがう
そんな骨っぽいもんじゃない

神は女を
自分の姿にかたどって
石灰で造ったのである

ツワブキの花

済んだ

何年ごしかの
知人との約束の飲み会が
やっと済んだ

済んでしまった朝の庭に
ツワブキの花が
咲いている

一つ一つ　済んでいく
教え子の墓参りも済んだし
つるし柿もつるし終えた

長年つとめた仕事は
とうに済んだ
恋も……

そのうち
すべてが済むだろう
まるで世界が澄むように

地球が済む日は来るのだろうか
地球が済む日は
今朝のように

ツワブキの花が咲いていていてほしい

余白の道

高橋和巳の小説を読んでいて
あるページまできたとき
ふいに脇道にそれてしまった

そのページの右上から左下にむかって
一すじのかすかな道がつづいていたのだ
句点「。」や読点「、」がつくりだす小さな余白の
つらなりが
とぎれそうになったり
折れ曲がったりして

それはまるで
物語の森を通過するひそやかなけものみちだった
あるいは
文字の砂漠を行きなずみくねっていった
毒へびのあとだった

高橋和巳の小説を読んでいて
ふいに高橋和巳からはぐれてしまった
言葉の茂みを通過する一すじの細い道
そして思い出したのだ
そこをくぐりぬける虹色の羽をもつ鳥を
尾が長いため決して後もどりすることのできない
　鳥のことを

「。」「、」のつくりだした余白の道に
わなを仕掛けることを思いつく
透明な針金を輪にしてつるすのだ
通過しようとして輪に首を引っかけた瞬間
針金を結びつけた撓えた若木がはね上がり
鳥は宙づりにされる
激しく羽ばたく
そうして
虹色の羽を閉じる

冬の雲

選挙でさわぎ
テレビドラマでさわぎ
残虐非道の殺人事件でさわぎ
野球やサッカーでさわぎ
さわぎながら年が暮れてしまった

雲がちぎれて　いくつか
空に浮かんでいる

猫のように
恋するときだけさわいで
あとは音もたてずに歩き
隅っこを慕い
うずくまり
うす目をあけて世を眺め
そんなふうに　いかないものか

ちぎれた雲が
葉を落としたケヤキの枝に抱かれ
輝きながらそこから離れていく

さわぐのをやめたら
木や石やわたしたちの体をめぐる水の音が
うれしい声となって立ち上がるかもしれない
光の中で万物が羽化していくその軽やかな響きが
聞こえるかもしれない
さわぐのをやめたら
死者たちのつやっぽいひそひそ話も
首や頬のあたりにとどくのではないか

ちぎれた雲が　夕日を受けている
そして
いろいろなおもちゃのかたちに変形していく

神戸で

1

高知道から徳島道へ
さらに鳴門道へとバスは突き切る
沿道の夾竹桃
どこか有毒
かなたの入道雲
どこか幽暗
橋を渡ると「高速舞子」で
なんだか物理学の用語のような駅だ
そこで一句
入道雲　山からビルへ移り住む

きょうは日本現代詩人会の
西日本ゼミナール・神戸をめざしてやってきた
早く着きすぎたから
ロビーで携えてきた本を読む
読みながら要所に線を引こうとするのだが
どうもまっすぐ引けない
指はまだバスに乗って
旅をつづけているらしい

2

講演は岩成達也氏の「詩の発生するところ」
「詩とは規範の侵犯」というところから説きおこし
この考え方の弱点　つまり
規範は相対的なものであり　また
侵犯しているからといって詩であるとはかぎらないとし
――私（達）の世界を作り上げているのは言語
詩とは言語でもって私（達）の世界を超出し
　ようとする営為
わたしたちの通常言語は
絶対他者の前では解体されるほかなく
そこにはもう祈りしかない
しかしそこにこそ
世界を超出する契機があるのではないか、と
岩成氏は
「私は思（考）う」（cogito）だけでは
もはや現代はうまく了解できないとし
「祈り」や「恩寵」ということばも何回か使った
――詩とは「知」のとどかぬところで
　なおうごめく何ものかに近づこうとすること
　そこでなお「声」をあげ（続け）ること

「現代詩手帖」等でみてきた岩成氏の詩や詩論は
ちょっと難解で近寄りがたく
それこそ絶対他者のようにも思われたのだが
こうして
兵庫県民会館のホールの壇上へゆっくり上がり
やや老いた肉体をさらし
肉声で語るのを聞いていると
そうか　やっぱりふつうのおじさんだったのか
岩成氏というより岩成さんじゃないか
そんな近しい思いもわいてきて
聴衆におもねることは決してなかったきょうの話
　が
すんなり
わかってしまった
気がした

3

詩の朗読者は八名
その中の清水恵子さんは　ネグリジェのような服
　で登場した
なんだか彼女自身が
詩の立ち上がりの姿そのものでもあるかのよう
　に
題して「いろは匂へど詩人たち（抄）」
「犬も歩けば棒に当たる／詩人が持ちたい天秤棒
　相棒　編棒　制御棒　あると便利な心張り棒
　……
　論より証拠／「論」より詩を書け」
いやあ　これはさっきの岩成さんへの
あてこすりじゃないですか
岩成さんもたくさん詩を書いているのに

「花より団子／花の詩よりも団子の詩のほうが絶
　対に難しい」
いやあ　これはわたしへの皮肉じゃないですか
わたしは昨年
詩集『花ものがたり』を出したばかりだ
いまごろその甘さを痛感しているところだ

清水さんの朗読を聞いていると
どこかこそばゆくなるとみえて
隣に気づかれないようにみな体をよじっている
よじりながら自由になっている
そこでわたしも一言
「穴があれば入りたい／詩人はもうとっくに入っ
　ているよ　言葉の穴に」

4

懇親会が終わるとき
世話役の鈴木漠さんが幾度も二次会の案内をした
のに
集まったのはわずか六人
みんな別のところへ流れたのか
道に迷ってここまでたどり着けなかったのか
実はわたしたちも
鈴木さんの言ってくれた「こうべたいしかん」を
たよりに
タクシーに乗ったが
運転手はそんなところは知らなかった
途中で降りて交番で
「こうべたいしかんとかいうビヤホール」と尋ね
てみたが

どうも要領を得ない
道ゆく若者に聞いたら
「それはミュンヘンのことでしょう」
やっと鈴木さんの待つ場所へたどり着いた
さすが神戸
異人館の街だ

わずか六人
だからベストメンバーと言っておこう
大きな手が抱き寄せてくれた六人
一期一会と考えよう
おいしい地ビールをいただきながら
とりとめのないおしゃべりをする
とりとめのないおしゃべりをする、ということは
みな解き放たれているということだ
若者たちでにぎわうまわりの席は
やわらかく闇に沈んでいる

六人の席だけが
天井の明かりでライトアップされている
こんなふうに
神戸の街で解き放たれている
それぞれが
次の場所へ行くために

5

山の中腹にあるわが家へ帰り着いたのは
夜明けも近いかと思われる真夜中だった
街で　親しい仲間と飲んでいたのだ
やっとここまで
歩いて小道を登ってきて
暗い庭の
涼み台に腰かけて一服しようとしたら

家の戸口を開けて母が出てきた
わたしが帰るのを
ずっと土間あたりで待っていたのだろう
母は腰かけているわたしのところへ来ると
赤ん坊におちちをふくませる時のように
着物の胸を開き
無言で　わたしの頭を抱き寄せた
それから　今度はわたしが立ち上がって
背の低い母を抱いた
山の中腹にあるわが家の庭
夜明けが近いのか
かすかにカナカナが聞こえていた

目が覚めたのは
神戸のビジネスホテルである
やはり　詩に疲れている
きょうはちょっと観光して
お昼すぎの高速バスで高知へ帰る
母は91歳
要介護5　極度の認知症
絶対他者のほうへ行ってしまった
お土産でも買って帰りたいが
買ってもどうしようもない

あなたの前に

一般的な「グラス」そのもの、というようなもの
は
この世のどこにもない
と、ものの本に書いてある
仕事のあとそれにビールをついでぐいぐと飲む
時
初めてそれは「グラス」として立ち現われるのだ、

と
飲む前から「グラス」だったのではない、と
もしぱんと割って破片で人に切りつけたら
その時「グラス」ではなく「凶器」として立ち現
　われる
水をすこし注いで箸でぴんとたたいたら
それは小さな「楽器」として立ち現われる
そのような行為（関係）から離れて
一般的な「グラス」そのものなんてどこにもない、
と

物理学者の前でグラスは「物質」であり
経済学者の前では「商品」であり
画家の前では「オブジェ」であり
数学者の前では「立体」として立ち現われる
一般者としての「グラス」はどこにもない
そんなふうにものの本に書いてある

「林嗣夫」なんてこの世のどこにもいない
と、ものの本に書いてある
生まれてこのかた変わらない「林嗣夫」など
いるはずがない、と
それはそうだ
幾十年の風雨にさらされ身も心も変わりはてた
それを同じ名で呼ぶのはどうしたことだろう
わたしが教壇に立って授業する時
チョークの粉の降る中に
初めて教師としての具体的な林嗣夫が登場する
わたしが背を曲げて水を飲む時
その飲む行為をとおして
初めてすこし疲れた生身の林嗣夫が出現する
そのような一つ一つの行為（関係）に先立つ「林
　嗣夫」なんて
ほんとうはどこにもいないんだ、と
では

水を飲む前のわたしは
何だったのだろう
無辺に散らばる水素の類か
うっすらとこの世をさまよう千の風、
だったのか

まあそれはそれでいいとして
でも……
とつぶやく声がどこからか聞こえてくる
か細い声が聞こえてくる
ある日
ほかでもないあなたの目の前に
くっきりとしたわたしの姿で
わたしの新しい名で
立ち現われたい、と
これはものの本には書いてない

『林嗣夫詩選集』（二〇一三年）抄

風

晩夏の公園は
ひっそりとしていた
桜とつつじの季節は遠くすぎて
いま
売店も雨戸を締め
便所も桜のわくら葉が散り敷き
だれもいない
ただ蟬だけが鳴いていた

でも
公園には一すじの風が通っていた
わたしは風とともに歩いた

木陰に立ちどまって
風を抱き寄せ　風にキスした
風は一瞬こわばった表情になり
蟬も鳴きやみ
木々のみどりもしばらくひきつっていた

ひっそりとした　晩夏の公園
わたしは
やわらかい風につつまれて歩いた

（自選詩集『花』より）

Junction

アメリカ発の経済原理が
桜ともみじの
この小さな島国に移植され
隣の米屋が滅んでいく
向こうの酒屋もいつのまにか姿を消した
そして　強い者はわがままになるほかない

桜の季節になると　里や浦で
校歌をうたいながら
小学校が滅んでいく

もみじの季節も知らないまま
亡くなった老人が
都会の一室で見つかったり

小さな島国の痙攣のように
福島では原子力発電所が爆発し
土そのものが　滅んでいく

ところで
いつも詩誌を送ってくださるKさん
足裏マッサージの技法を習い始めたとか

死者たちとつながりたくて　言葉を捜し
追われる人たちとつながりたくて
手指の訓練をするのだろうか

＊　Junction――詩誌名

（「現代詩手帖」'12年8月号）

詩集『そのようにして』（二〇一五年）全篇

I

月夜のわたし

庭のスモモが熟れるたび
ヤマモモがぽろぽろこぼれるたび
うれしい思いで果実酒をつくった
月日をかけてできあがっても
しかし
あまり飲みもせず
台所の奥に並んでいる
もったいない
もったいないので時おりグラスに垂らしてみるが

いい本が出るたびに
書評でこれはと思うものに出会うたびに
ぜひ読んでみようと買い求めるが
ははは
けっきょく読まずに読みきれずに書架に並ぶ
資源ごみに出すほかないが
それももったいなく
ちらちらページをめくってみたり

生きよう
生きてみようと幾度も思い立ち
気をつけて体を養い
怠る心をいさめてきたつもりだが
さて
どうしたことか
生き切ることのできないわたしが
へへへへへ

いま部屋に転がっている
月の光が差し込んでいる
もうそろそろ　こんなわたしは捨てたらいいのに
それもしのびない

月夜の晩に見つけたわたしは
そう簡単に
捨てられようか

年の瀬

車　というような大きくて重いものを
運転　する人がいる
運　とか　転　とか　考えてみると不思議である
車　だけでなく

自分　というようなつかまえどころのないものま
　で
運転　する人がいる　曲芸師のように

わたしも若いころの跳ね上がりで
言葉　というあやしいものを
運転　できたらと思うようになった

しかしこれはなかなか手ごわい相手だ
ああ言えば　こう言うし
こう言えば　ああ言うし

でも　じらされればぐらかされると
わたしの皮膚はますます燃えて
風の吹く地の上をさまようのであった

そうしてさまよったあげく

いま年の瀬に立っている
年の瀬から風景を見ている　言葉　に抱かれて

ぴちぴちだったはずの　世界　が
不燃ごみ　になって積み上げられている
言葉　は　風花　となって散っている

その横を自転車の女が行く
荷かごにかさばった買い物袋を入れ
ゆらゆら揺れる　道路　や　雲　を

うまいぐあいに　運転　して

失題

どちらかというと

「しゃべる」ことよりも「語る・語らう」ことの
　ほうが
好きだ
この両者はどう違うか
例えば　愛を語らう、とは言うが
愛をしゃべる、とは言わない　この違いだ
いや
近ごろは「愛をしゃべる」になってしまったのか
　な
およそしゃべりたくなるのは
小さな理屈や甘えのかずかずである
携帯電話の普及とも相俟って
世間はしゃべり体一色になった観があるが
今の大衆消費社会を維持するためには
しゃべって泡立てることが必須の条件なのかもし
　れない
しかし
そのしゃべり体がふとしたことで
しゃべり体を超えて
音楽にまでなってしまったらどうだろう
――そんなことを考えながらこの詩を書いていた
　ら
この詩自体がしゃべり体になっているのに気がつ
　いた
そこでペンを措き
ふと耳を澄ましてみる
と、家のどこかからへんな音が聞こえてくる
バキュームカーが来て
トイレの汲み取りをしてくれているのだった
小窓を開けて
すみません、と言うと
水を入れてくれるかね、と外から言う
便器の中にどどどどと勢いよく水を落とす
そして底をのぞき込む

まぜ返されたあの臭いがなまあたたかく吹き上が
　ってくる
なおも暗い穴の底をのぞいていたら
だんだんと汚物が引き　しまいには
汚水が吸い取られる時の　やわらかな震えるよう
　な
不思議な音が
穴いっぱいに満ちた
いつか恋人と聴きに行ったコンサートの
サックスの音に似ていた

大黄河

ぼんやりと毎日を過ごしていても
ときには
意外なできごとに出会うものである

ある夜のこと
テレビレポート「大黄河」を見ていたら
チベットの若い僧がでてきて
鳥葬される死者を前に
こう語っていた
「人を殺した者も　馬を盗んだ者も
裏切り者も
みな　極楽浄土へ旅立つことができる……」

その時
顔立ちを見ていて気がついたのだが
この僧は
数年前に甲子園で力投していた某高校のピッチャ
　ーではないか
たしか
あの時の彼にまちがいなかった

こめかみを這う静脈
首に光る汗
筋肉の腕やはげしい目の静寂
（そして
空の青も　立っている砂漠も）

甲子園から黄河上流へ
その圧縮されたひとつづきの時間を
ゆっくりとたどってみることができる
この僧は
機会さえあれば
甲子園での激戦の思い出を
語ってくれるはずである

ガム

ガムをかみながらバッターボックスに立つ、
というのが
どうもわたしにはいただけない

宮本武蔵も
ガムをかみながら剣を構えた、
とは考えにくい

ガムをかみながら、のほうが
打率が上がる、あるいは健康にもよい、
という分析データが出ているのかもしれないが
わたしの血流の中には
そんな計算方法がない

ガムをかみながら詩を書く、
というのも
いまのところ控えたい
せいぜい
水を飲みながら、くらいにしておきたい

――いや
ほんとうのことを言うと
こんなに手軽でかわいい嗜好品を
いやがる理由は
何もないのだが

ひょっとしたら　前の世
わたしが女であった時
ガムをかむ男に愛を強要された、
というようなことでも
あったのだろうか

滑っていく

第十夜も過ぎたころ
こんな夢を見た

うっすらと雪の降りつづく町を
肺癌で亡くなった同僚のMと二人で
滑っていく
アーケードの商店街も
まばらな買物客をうまくかわしながら
滑っていく
路上に転がり出そうな林檎が美しい
アーケードを出たところに橋があり
下をのぞいてみる

寒天状に凍った川が通りをくぐり抜け
降る雪の向こうに消えている
バス停にさしかかった
二、三人の人が傘をさして立っている
すこし離れた場所に仮設の大きな箱があった
Mが箱のふちにとりついて中をのぞく
「これは誰やろう」
中には数人の丸裸の死体が置かれていた
どれも　危険な灰をかぶったため
衣服も皮膚もすっかり剝ぎ取られている
痛痛しい姿だ
まだ体温があるとみえ
降りかかる雪が次次と解けている
むき出しの肉のままだから顔がない
しかし　肉と骨格の全体が表情となって
およそ誰だか見当がつく
日曜市に店を出していた農家の人もいるようだ

「これはAじゃないか」
手前に横たわるのは詩を書く仲間のAだ
「そうか、そうやね」とMもうなずく
皮を剝ぎ取られた死体も
そうだ、そうだよ、というように
かすかな音を出し筋肉をふるわせた
でも　仕方がない
連れ出すことができない
Aを箱の中に置いたまま滑っていく
いつのまにかMともはぐれてしまった
すこし不安だ
雪がうっすらと降りつづく無音の町を
なおも滑っていく

野球帽

とりあえず、と言い
無事を喜び、と言いながら
生ビールのジョッキをがつんと合わせた

花から逃れ
世間の混乱から逃れて
隠れるようにこの居酒屋に集まったのだ

がつんと一点で交わったものの
みな　それぞれの案件をかかえていた
Aさんは施設で暮らす母を引きずっていたし
Bさんは退職を機に建てた家を背負っていた

Cさんは来る途中でつまずいた石ころを
なんとなく拾っていた

そしてわたしは
少年のものらしい野球帽を隠し持っていた
それが懐の中で重くなったり軽くなったりした

みな言葉少なに語り合った
すべてのものは劣化していく、とAさんは嘆く
この散乱の中にともかく自分の居場所を見つけね
ば、とBさん

Cさんは終始寡黙だったが
子供のころはよく石ころが語りかけてくれた
成人するにつれ石ころは姿を消し
歳を重ねるとまた足元に現われる

これも不思議なことだとつぶやくのだ
わたしはほとんど聞き手にまわった

数週間前のある夜明け方
わたしの胸の波打ちぎわに
小さな野球帽がもまれもまれて流れ着いた

それが不意に
かすかな叫び声を上げたのだ
まるで助けを求めるように　きれぎれに

その帽子がわたしの胸に住みついた
わたしはときどき
帽子に話しかけようとするのだが
いつも言葉が折れて口ごもってしまう
居酒屋を出る時　またねと四人は手を振り合った

わたしは懐から帽子をとり出してかぶり
とりあえず
一人で裏町の薄暗がりへと足を進めた
こんなふうに年を重ねると
少年の帽子もちょっと似合うのではないか

捜しているのは

なぜか
じっとしていられない気がして
とりあえず
街に出て
本屋へ入った
捜していたものが

これだったのか
ともかく二冊買って
それを助手席に置いて
車を走らせた
かすかに黄砂の降るような
晴といえば晴だ
北の山もかすんでいる
助手席に
買ったばかりの絵本『いちご』と
『3・11を心に刻んで』を置いて
山に向かって走ってみる
ああ
やっぱり桜が咲きはじめている
むかし
親しい人と何度か走ったことがある
狭い道だ
カーブだ

岩だ
助手席に本を置いて
またカーブだ
古い山道だ
ところどころにソメイヨシノの大木が
新しく花を咲かせ
これから咲くつぼみの木もあり
あ
ウグイスだ
ウグイスが鳴いている
捜しているものは何だったのか
どこにあるのか
のどがかわいているのに気がついて
名水「白泉」のところまで
車を走らせ
車から降りて腰をのばすと
あっち　こっちに

山桜が咲いている
ペットボトルに水を汲んで
いつか
親しい人とここで水を汲んだことがある
捜しているのは何なのか
わからないまま
買った本の横に水を置いて
また山道を引き返す
カーブを曲がる
ウグイスが鳴いているのに
山桜も山に置いて
いろいろ置いて
カーブを曲がる

つるし柿

うっすらと不安を抱いて
流れつづける日日……

ここに　こうしていていいのだろうか
いや、ここはどこなのだろう

きょうは思いついて
北山を一つ越えてみた

田舎の道の駅で渋柿を一袋買った
手にぐっとくるうれしい重さ

それにしても

とりとめのない日日のめぐりよ

女たちはますますおしゃべりになっていき
男たちはますます足早になっていく

きょう一日は　確かにあるのか
あすはどうか

包丁で渋柿の皮をむく
軒下につるすと　輝く赤！

流れていく日日にあえて打つ
小さな句読点のように

初夏の一日

にんげんが　なかなかにんげんになりきれなくて
苦しんでいる
先人たちが愛や理性を説いて
幾千年も経つというのに

けさ届いた新聞を見ても
めくるごとに世界はねじれ
だまして富を奪うもの　だまされるもの
その欲望と悪意　悲鳴に満ちている

しかしそれでも
初夏の日はこんなに美しい
エゴの花が香り　蜂が群れすがり

わたしは畑に降りて
育ててきたタマネギを収穫するのだ

そのふくらんだ形や重さ　におい
タマネギが十分にタマネギになりきっている
畝を這って逃げるテントウムシ
畑のふちに茂るドクダミの花の
白い十字

夕方　シャワーを浴びて大相撲をみた
タマネギのようにふくらんだ力士たち
ときどき映る観客席のようす
世界は悲鳴に満ちているのに
物見て日を暮らす人がいる！

よく見ると吉田兼好らしい人もいる
鴨長明の姿は見えないが
どこかに引きこもり
騒騒しい今の世を嘆いているにちがいない

夏場所でときどき見掛ける和服姿の女性も映る
いい店のおかみさんだろう
相撲が終わったら飲みに行くからね、
などと考えてたら
土俵ではうっちゃりをくらった力士が外へとんだ

にんげんが
なかなかにんげんになりきれなくて　苦しんでい
る
その愚かさ　悲しみを抱いて
ともかく
初夏の一日が暮れていく

ふるさとで

おもしろいものを見た
夏の合宿研修に出かけていく途中
赤信号で止めた車の前を
一個の頭骨が
ひょいひょいと横切っていったのだ
ゴム草履を突っかけた丸坊主のおじさん
驚いてあたりを見回すと
街のあちこちに頭骨がうごめき群れていた
思い思いに化粧はしているものの
丸くてゆがんですこしでこぼこ

これは何かに似ている　ジャガイモ？
いや　ジャガイモともちょっと違うようだ
もっと軽軽と　ひょいひょいとしている
胴体に乗っかっている異物　これは何だろう
追究しきれないまま車を発進させた
仲間と合流するため急いでいたのだ
ふるさと四万十川で詩の研修会を行なう

さて　生地の田舎町へみなを案内し
子供の頃の遊び場所　神社の森へ踏み込んだとき
そのとき不意にあの頭骨がよみがえった
そうだ　あれはユスノキのユスの実だ
実《み》とはいったが　それは堅い虫瘤《むしこぶ》
肥後守の刃先で穴をあけると
虫がもぬけたあとの白っぽいほこりが出てくる

息を吹き入れると不思議な音が出るのだった

そうか
横断歩道を渡っていった頭骨よ　虫瘤よ
街かどでたむろする虫瘤よ
そしてわたしよ

できることなら中を空洞にして　季節の風を通し
いい音を響かせるように

＊　ユスノキ――別名イスノキ、ヒョンノキ。照葉樹林内に自生する常緑高木。重硬材で、そろばん玉、櫛など用途は広い。枝先に、アブラムシ類が寄生して作った虫瘤が見られる。

洗濯ばさみ

何をはさみそこねたのだろう
二階のベランダから庭へ落ちてきた
みどり色の洗濯ばさみ

いい香りの肌着でも
はさむ予定だったのか
それともきょうの青空一枚、という高望み？

あるいは一つの役目を終え
庭の椿の緑に飛び込んで
別の夢でもみるつもりだったのか

だめだめ

その小さなばねではだめ
一度まっ逆さまに落ちるしかない

そうして土の上にじっとして
はさみとしての存在の
かずかずの徒労でもかみしめてみることだ

落下の無重力を経験し
生きていくことの新しい引っ掛かりを
願うのもいいだろう

みどり色の洗濯ばさみ
拾い上げ部屋の机に置いてみる
まあ　何というシンプルな構造物

それは哲学よりも明晰で美しい
光と風の中でたわむれる　小さなみどり

小さな意志

しばらくかたちを眺めたあと
きょう　思いがけない人から届いた手紙を
それではさんだ

ティッシュペーパー

これまで
どこにいるのか分からなかった神様が
最近わたしのところにも
遊びに来てくれる

たとえば座椅子をすこし後ろに倒して
目薬など差していると
そばに立って

そのしぐさを不思議そうに眺める
見なくてもいいものばかり見てきたせいだよ、
とわたし

きょうは目薬を差し終わると
神様はすぐに
ティッシュペーパーの箱から一枚抜き取って
わたしの目を拭ってくれた

Ⅱ

明るい余震

近くの畑に枝豆の種を植えて
庭の蛇口で手足を洗って
立ち上がったとき
そばの　これから咲こうとするアジサイの花房で
日光浴をしていたトカゲが
ぴょーんと
下に向かってダイビングした
宇宙を遊泳するように

いや
わたしが立ち上がったからトカゲが驚いたのか
トカゲが光ったからわたしが立ったのか
それとも何か
例えば
先ほど植えた枝豆のせいだったのか
アジサイの小枝が揺れた

トカゲはダイビングして
どこの木の下闇に潜ったのだろう

わたしは屋根の下に隠れたのだが
しばらく
明るい宇宙の
余震がつづいた

朝を待つ

暗闇の中で　訪れてくるものがある

朝の四時ごろに目が覚め
そのままじっとまぶたを閉じていると
さまざまな思念が巡り来る
きのう仕上げた一編の詩のこと
電話をかけてきた旧い友人
さし迫った仕事のあれこれ
庭の植え込み　一本一本の木のたたずまい……

暗闇の中の思念や像は
仲間たちと登った晩秋の山へととぶ
石の多い傾斜の自然林　ホオノキ　ミズナラ　ヒメシャラ
梢のすきまの空の青さ
登山道の横で朽ちていく倒木
舞い散る落葉のきらめき

枝枝を時おり風に鳴らし
悠悠閑閑とそびえ立つ木木たち
その根元あたりの　岩や倒木の隙間で
震えながらのび上がろうとする
小さな若木
これからも水と光を得て育つことができるだろうか

そのとき　冬枯れの山肌から
瑠璃色の小さな光のかたまりが飛び立つのを見た
鳥だったのか
それとも
目を閉じて静かに呼吸しているわたしの
深い無意識の闇から発せられた
見知らぬ声だったのか

飛び立った瑠璃色の光を追いながら
わたしはじっと
朝を待つ

立春から

山登りの仲間の女性から
紙袋に入ったプレゼントをいただいた
それはチョコレートではなく
純米吟醸「立春朝搾り」

ゆったりと「立春」がのどを落ちていく
胃へ　腸へ　血液へ
そして　こころへ
二月の詩の合評会の時も「立春」にさそわれて
フキノトウ　ハマアザミのてんぷらが
胃へ　腸へ　そしてことばへと

三月になると色とりどりの春が
固い春　苦い春も　わたしをくぐり抜けていく
不安になり　いらだち
そして解き放たれる

「立春朝搾り」を届けてくれた人よ
わたしはもうわたしではないくらいに

春のまっただ中だ
そしてようやく気づくことがある
わたしの髪がこんなに白くなったのも
幾度となく
花吹雪が内臓を襲ったせいですね

手紙を書いて

手紙を書いて
投函して帰ってきたら

すっかり黄葉した庭の辛夷に
数羽の小鳥が来ていた
近くには熟した柿も残っていたから
それを目指してやってきて
ついでに
いまにも爆発を起こして散ってしまいそうな辛夷
　の葉の
みごとな色の飽和の中で
遊んでいたのだろう

ほんとうに
明るい黄土色の葉の広がり
そこだけ別の引力が働いているかのように
ふくらんだ一樹の形を
やっと保っている
その危うい黄葉の宇宙を
小鳥たちはしばらく潜《くぐ》っていて
どこかへ飛び立った
そのとき　いくつかの葉が舞い散った
かすかな傷を匂わせるように

小鳥を見送って　部屋に入ると
先ほど手紙を出したひとのことが思い返された
かつて
ある時間の飽和のきらめきの中を
ふたりで歩いたことがあった
そんな気がする

ある一日

恩寵、とでもいいたいような
冬の一日を
いま終えようとしていることに気がついた

それは穏やかな日で
ほとんど何もしなかった
ただ
「息子が足摺岬の近くで釣ってきたけん」
といって
クエを一匹　持ってきてくれた人がいた
わたしはお返しに
畑で育てた大根と里芋をさしあげた
きょう一日は
それだけだった

しかし
それだけだった、ということが
なぜかうれしい
「それ」が
くっきりとした美しいかたちをとっているし
「それ」以外の
庭に出て落ち葉を掃いたり
咲きはじめた水仙の前にしゃがんだり
冬日の差し込む部屋で

ただ無為に過ごした時間が
いつにもまして
濃い光につつまれているのだった

魚をもらって
かわりに畑のものをあげる
太古の昔からつづけられたであろう
この聖なる営みを
静かにことほぐ一日だった

春への分節

若い母親が
赤ん坊を預けに来た
わたしはその危うい重さを抱きとめ
部屋に寝かせて対話する

赤ん坊のことばはただの母音
いや　母音にも整理されていない　音というできごと
不思議な口の動き
かすかな息づかい
それでもおはようと言ってあげたら
「おはよう」を目ざして応えてくる
赤ん坊は何を聞き
何を見ているのだろうか

ことば以前の純粋経験を
どのようにことばとして分節するか
多くの先人が悩んだところを
いま赤ん坊が悩んでいる
幼い舌や　のどや　肺が
ふるえながら何かをさぐっている

やがて
そこを突破してくるだろう
繰り返しまわりのものがことばをかけ
それによって呼び覚まされる深い力が
内臓されているはずだ

母親が用事を終えて迎えに来た
ほとんど意味というものを持たない世界で
目を見開いている赤ん坊
しかし　なにか大きな「意味」に所属しているこ
　とだけは確かだ
二人が帰ったあと
わたしはしばらく庭に立った
気がつくと
近くでコブシがねずみ色の無数の花芽をふくらま
　せ
水色に輝く二月の空と対話していた
聴き取れないくらいの
にぎやかで静かな声だ
枝枝をつつむ光が揺らいでいる
コブシの芽はもうすぐ
純白の飛天の姿の花として分節されることだろう
地上のわたしを置き去りにして

ウグイス

吾妹子に恋ひすべなかり、と詠むほどのいとしい
　ひと
どこにもいるふつうの女性が
その女性のまま
こんなに輝く　絶対の存在に変身する
手の中に団栗という故国あり

縄文のころからのあの小さな団栗が
団栗のまま
こんなに深く　大きな存在に超え出ていく

世界は広い、と言われることの本当の意味は
この世がこの世のまま
永遠なるものに開かれている、
ということだろう

ところで
年度末の忙しさに鬱屈していたある日
時間をみつけて畑の草を取っていたら
横の小山でウグイスが鳴いた
　アー　ドキドキシチャウ！

驚いたのはわたしだ
はっきりとしたつやのある少女の声で
うれしいことがすぐそこに迫っているみたいに
早口に
　アー　ドキドキシチャウ！

このあたりのウグイスは
「ホー　ホケホケキキョ」などと
正調をくずした鳴き方をするのだが
こんなに鋭い喜びの声を響かせたのは初めてだ

ウグイスが
日本語でわたしをノックしたのではなかったか
もつれ合う日日のとらわれから
広い光の中へ連れ出すために

＊　吾妹子に恋ひすべなかり胸を熱み朝戸開くれば見ゆる霧かも（万葉集 巻十二）
＊　手の中に――モーレンカンプふゆこ（オランダ在住）。この句は'12年12月末の「天声人語」で紹介

された。

三月の空

三月の光は
やはり悲しい

一九八八年三月二四日
わたしの学校の修学旅行団が
上海郊外で列車事故に巻き込まれた
子供を失った親たちは泣きくずれ　途方に暮れ
黄砂にかすむ日日を弔花が染めた

二〇一一年三月一一日
東日本の海辺の町が津波に打ちくだかれ
セシウムの灰に人びとはふるさとを追われた
それでも季節はめぐり
雨が降り　花が咲き　美しい雲が広がる

祈りのほかには　何もない
三月の光はまことに純粋の光である

今年の学校での慰霊式が終わると
畑や庭の手入れにかかる
去年のゴボウの種が飛び散って
あちこちに小さな葉を伸ばしている
ゴボウ専用の畝を作って移植した

庭の植え込みには
ヒトリシズカの種が落ちてたくさんの芽を出して
いる
カビにやられることもあるから鉢に小分けした

腰が痛くなって背を伸ばすと
どこまでも広がる水色の空だ

三月の空――
その端っこを切り取って　胸のうちに移植する

コスモス

あーちゃんが自分で立ち上がって
初めて三歩あるきました！
と若い母親からメールが来た
孫娘の名は　あかり

その日　わたしは畑に出て
おのれ咲きのコスモスに囲まれ
エンドウを植えるための畝をこしらえたのだった
こちらへ倒れかかる花を
向こうへ押しやったりしながら

宗教哲学者の上田閑照によると
「直立して我と言う」
これが人間存在の根本的な在り方だという
足元や周り　そして頭上の
我ならぬものとのつながりの中で初めて我が在る
「我と言う」はその自覚の表明だと

わたしが秋の花花に囲まれて
畑仕事に精を出している時
あかりは自分で直立し
危うい足どりで「我」のほうへ　一歩
視界を広げたのだろう

そばにいる母親はもちろん

部屋の中の壁や家具類
さらに窓の外の屋根　そのむこうの青い空……
我ならぬものがコスモスとなって揺れたのを
ちらとかいま見ただろうか

鳥

木木の梢から梢へと
さえずり移る小鳥
澄みわたる夕空に列をなす鳥
刈り終えた田んぼに舞い降りる　白い鳥
それらが
単なる生物種の　トリだとは思えないときがある
もっとはるかなもの
もっと純粋なもの
いのちそのもの

あらゆる存在の底にある　原理的なもの
出会った時に思わず息をのみ
いつまでも立ちつくし
見つめていたいもの……

たとえば
あるときなにげなく目をやったものが
きらっと光ることがある
ゆったりと流れる川の　岸辺あたり
山中で行きあった大きな岩の　一角
黄葉しはじめたブナの
かなりの高さの枝のところ
思いがけなく発光し
足を止める
あれは　鳥のしわざだったのではなかろうか
空の深みから舞い降りた鳥の一羽が
――そう、あの『銀河鉄道の夜』に出てくる鳥捕

りの男の
捕りそこねた一羽の鳥が
一回二回　光となって羽搏いたのち
止まった箇所に　同化していったのではなかろう
か

田んぼや　岩や　木や
それら存在するものたちは
その内部に
飛翔する何ものかを
秘めている

そのようにして

赤ん坊を
そっと抱いてあげたい
右のてのひらでお尻をすくい
左手で小さな背中や首を支え
顔をのぞき込みながら
繰り返し名を呼んであげたい
世界が少しずつ広まり
深まっていくようにと

あのひとを
しっかりと抱きしめたい
髪などをやさしくなでてあげたい
なにも特別なことではない
ただそれだけのことに心を尽くしたい
その時
胸の内を満たす声にならないことばこそが
この世に質量をもたらすヒッグス粒子であること
を
思い知るのではないか

季節の中で咲く花花を
やわらかく抱き寄せたい
手折るのはやめにして　少し離れた位置から
日の光に揺れる色や形を
飛んでくる虫や鳥たちを
過ぎていく時間を
透明な視線で包んであげたい
あらゆるものがつながりあう
そのリズムに打たれていたい

目の前に迫る世界を
ゆったりと抱きたい
そんなことができるだろうか
そんなことばがあるだろうか
きっと赤ん坊が足をふんばって泣きわめくように
腕からはみ出してもがくだろう

鋭い部分がこちらを刺してくるかもしれない
それでも
幻影の下の裸形を求め　腕をすこしゆるめるよう
　にして
その脈動のどこかに触れていたい
もし
伸びた世界の首のあたりから
かすかによろこびの声がもれたとしたら！

そのようにして
死ねるものなら　死にたい

芽、が過ぎていく

1

外で何かのざわめく気配がする
わたしは落ち着きをなくし
読んでいた本をおいて庭に出る

三月の光の中
桜や花梨が枝先から新芽をのぞかせ
足元でも　よく見ると
あちこちに芽が土を押し開き
競い立とうとしていた

かすかに赤みを帯びたもの
なぜか斜めに出てくるもの
早々と花の形をめざすもの
わたしは土にしゃがみ
幹にさわり
あるいは古い鉢植えを植え替えたり
呼ぶものと　呼び出されるものたちの
はげしい交歓に囲まれて
痛いような時を過ごす

2

芽が出てくると
なぜかうっすらと不安
三月の光と風が不安

たとえば福寿草は
金属箔のような　パラボラアンテナのような

薄い花びらを太陽に向けて全開する
そう
太陽に向いて一心に開くから
すこしこころが安らいで
わたしも同じ光につつまれる

もしこの花が
まっすぐにこちらに向き直ったとしたら！
わたしの方を見つめたとしたら！
花びらがこぼれ落ちる前に
わたしはこころを狂わせるだろう

いろいろな芽が出てくると
なぜかうっすらと不安
芽が花の時間を用意しはじめると
わたしはこちらで
何をしていいか分からなくなる

3

芽が出てきて
しだいに光が濃くなってくると
なぜかひんやりと悲しい

ヒトリシズカの芽
ホトトギスや　コオニユリや　カノコユリの芽
そしてあたりには
死者の目？

ヒトリシズカは
先端部分をすこし下に曲げ
うつむいた形で土から出てくる
光を浴びるとまっすぐに立ち
ぽつん　ぽつんと

地面に小さな明かりをともすように
白いかすかな花をつける

ヒトリシズカは何を捜しているのだろう
その短い丈に
どんなカルマを背負っているのか

花を落とし　葉を茂らせ　そして倒れ
また新しい季節の中に起き上がって
さらなるヒトリシズカに
なろうとするのか

4

家の中では
茶碗や腰掛けや箱類が
歳月とともに色あいを変えながら

こごりのような霊を宿すという

いっぽう庭の草木は
もっと透明なもの　もっと響きを宿すもの
もっときらめくものに姿を開いていく
枯れたかと思ったら再生し
倒れたかとみえて羽化していく
風に向かって
空へ向かって　差し込みながら

きのうは
これまで花をつけることのなかった大山蓮華の
一つの枝先に
初めて小さなふくらみを見つけた
そしてきょうは
植え込みをのぞいているうち
うすみどりに干からびたカマキリの

即身仏のようなミイラを発見した

あれも
これも
はるかなものにつながろうとしている

詩集『解体へ』（二〇一六年）全篇

なぜか追悼、辻井喬

1

追悼、などというのは
ちょっとおこがましい
一度も彼に会ったことがないし
作品の熱心な読者でもなかった
しかし「樹林」（'13年12月）の特集や
「現代詩手帖」の追悼号を読んでいるうち
なぜだろう　なつかしさのようなものを感じた
例えば山本勝夫によると
吉井勇　北原白秋　川田順らの歌はいい、
と辻井は語ったことがあるという

わたしも彼らの歌が好きだ
実は高知の山間、猪野々の里に
吉井勇は失意の一時期を仮住まいしたことがあり
そこに小さな記念館が建っている
訪れると　あの「ゴンドラの唄」の切ない曲が流
　れるのだ
作詞したのは吉井だ
　いのち短し　恋せよおとめ
　朱きくちびる　あせぬ間に
この歌を辻井も好きだったのではないか
黒澤明の映画『生きる』の中で志村喬が口ずさん
　だように
一つの超越のメロディーとして

2

「現代詩手帖」'14年2月号　飯島耕一・辻井喬追
　悼特集――
その座談会からいくつかの発言を拾ってみる
吉田文憲「基本的に飯島さんも辻井さんも散文行
　分け詩と言ってもいいような、歩行の感じが
　あるんです。ぼくが物足りないのは、辻井さ
　んに関して北川さんがおっしゃったように、
　詩に対する疑いがない。文化の普遍的な価値
　を信じている。伝統というような大きなもの
　に自分の感受性がつながっていないと個別の
　うえにいいものができないんだという言い方
　もしています。」
野村喜和夫「飯島耕一の発する言葉は世代を代表
　できる。辻井さんの『わたつみ　三部作』は

死者の鎮魂として機能する。言葉が広い意味での公共性をもち、自分が発話することが何かを代表、代行するような、ある意味幸福なポジションがあった気がするんです。」

蜂飼耳「詩がそういうものであれたということは振り返ってはっきり見えるんです。ただ、下の世代は逆にそこに言葉のリアリティを感じにくい。詩にそれをさせてしまうと言葉に空虚な感じを受けるようになり、それぞれ個別化していった結果、いまこの現状がある。しかし、昔はそうだったと単に振り返って終わるべきではないと私は思っていて、まさにその接続を探さないといけない。……でもその接続はとても難しいなと感じますね。」

北川透「……むろん、辻井さんは、これまでの大義、あるいは大義そのものを否定するけれども、大義を求める生き方自体は美しいということで否定していないんです。大義のあるものは、意味を失うとともに、美的な価値に変わっているんでしょうね。」

四人それぞれに辻井の作品を読み
現代における詩の大事な問題にもふれている

3

詩作にむかう辻井の苦しみの中心は
どこにあったのだろう
一言でいえば現代社会の虚妄、ということか
大君のために「鬼畜」と戦い　南海の美都久屍となった若者たち
あの経験を無にするかのような今の日本の在り方
辻井も堤清二の名でかかわったマーケティングやグローバリズム（アメリカ化）のもたらす深い矛

盾、など
ここで　最近のあるインタビュー記事を思い出す
渡辺京二「生きづらい世を生きる」（朝日新聞、'13・8・23）
「あらゆる意味づけが解体され、人が生きる意味、根拠まで見失って、ニヒリズムに直面しているのではありませんか。」
「根本には、高度資本主義の止めどもない深化があると思います。……お金を払えば（何でも）済むわけですから便利ではあるんですよ。だけど人間はバラバラになってしまう。資本主義は一人一人を徹底的に切り離して消費者にする。……生きる上でのあらゆる必要を商品化し、依存させ、……」
「人は何を求めて生きるのか、何を幸せとして生きる生き物なのか、考え直す時期なのです。」

そういえば3・11の原発事故
その直後から早くも原子炉再稼働の声が出てくる
万一のことが起こっても「金を払えば済む」――
このような発想ばかりが横行する今の社会を
詩人、辻井喬は苦しんだのではないか
済む、とはこの場合
大事なものを切断することである

4

ところで
わたしが追悼特集を読んだのは'14年2月4日
まだ暗い午前4時ごろから
いつものことで早く目が覚めてしまった
夜が明けて朝食をとっていたら　なんと！
NHKアーカイブス「トルストイ　ユートピアの

大地　辻井喬の巡礼」をやっていた
〝巡礼〟は二〇〇一年のことらしい
人は何を求めて生きるのか　何のために生きるの
か、
を追求しつづけたトルストイの生涯
その非戦と愛の思想に共鳴する農民たちが
小さなコミューンを形成して　自分たちの労働と
　歌に生きる
やがて教会や国家から破門弾圧を受けた彼ら
今はみるかげもないその子孫たちの
暮らしの現場を辻井が訪ねるという番組である
例えば
ユートピア伝説のふるさと　シベリア
ここはかつてデカブリストたちが
ロシアの専制と農奴制の廃棄を求めて武装蜂起し
徒刑ないし流刑となった地でもある
彼らの後を追って妻たちは
貴族の身分を捨て
はるか遠くバイカル湖のほとりへと向かう
このような場面は「大義を求める生き方」とし
て
辻井の胸を揺さぶったにちがいない
バイカル湖でよく捕れるという魚を手にしながら
「彼らはこの魚を食べながら
革命の思想から生活の思想へと
心を向けたんでしょうね」
辻井はつぶやくように語っていた

5

『自伝詩のためのエスキース』（'08年）から
すこし引用してみよう

そんな時　むかし見たのは漂泊者
あるいは都を捨ててゆくさきざきで相聞歌を
　詠む男
しかし今では数えきれない顔のない勤め人
そして遠くにはくたびれた後ろ姿の老人
そこには劇的な要素はいっさいなくただ翳り
　がある
それは勤め人が悪いのではない
通行人が無秩序で退屈なのでもない
おそらく現代とはそういう時代なのだと呟い
　て
僕である老人の彼は目的もなく歩いていくの
　だ
ぼんやり幻視される海は油に覆われ鈍く光っ
　て
白かった鴨の声も汚れてしまった

自己処罰のような辻井の彷徨をみるうちに
なぜか　芭蕉の次の一句が頭をよぎった
　旅に病んで夢は枯野をかけめぐる
この場合　「旅」も「病んで」も具体的で
「枯野」も芭蕉の風雅の内にあったかもしれない
が　いま読み直してみて別のひびきに打たれる
旅に病む、とは
なぜ、何のために生きるのかを問いつづけるとい
　うことである
そのような精神にとっては
地上の花も枯野と見える
しかしそれでも
希望を探してさまようほかはないという……

6

なぜ「辻井喬」か　「追悼」なのか
実は自分でもよく分からないままこれを書いてい
　るのだが
彼は東京どまん中の人　昭和をぴったり生きた人
詩の形もわたしとは違う
わたしは南国の遠野物語からはい出して
いまとんぼの羽根や女の髪の毛を歌っている
しかし……
先の渡辺京二によると
深化した今の資本主義は人間をばらばらにする、
　という
ばらばらにしたほうが金をより多く消費するか
　ら、と
それならば人は人から切り離されるだけでなく
神からも自然からも伝統文化からも死者たちから
　も
切り離されるのだろう
それはそのまま
自分自身からの切断ということでもある
さらに彼の場合
生い立ちにまつわる特別の矛盾と孤独もかかえて
　いたようだ
そしてここから
辻井の彷徨は始まったのではなかろうか
「どうやら私は神を探しに行かなければならない
　ようなのだが。」
と彼は記している（「わたつみ・しあわせな日日」
　あとがき）
彼が探していたのが
いわゆる神であったとは思われない
何か別の超越――

ばらばらになった他なる存在と
「ゆくさきざきで相聞歌」を交わすことのできる、
　場、
とでも言ったらいいいか
山本勝夫が追悼文の中で引用した辻井の短詩を
孫引きさせていただくと

　もの総て
　変りゆく
　音もなく

　思索せよ
　ただ一人
　旅に出よ

　鈴あらば
　鈴鳴らせ

　りん凜と
会ったこともない辻井喬になつかしさのようなも
　のを感じ
この長い詩もどきを書くことになったのは
結局
「詩に対する疑いがない」と評者から言われる
そこのところだったのかもしれない
詩は信疑の対象であることを超え
まず　それを生きるほかはないものだったのでは
　ないか

庭にしゃがむ、畑に立つ

1．新しい季節

やわらかい袋状のものが
落葉の中から出てきた
もうそろそろ
ヤマシャクヤクやウドの芽が出てくるころだと
二月も終わりの植込みを
棒切れでつついていたら

3㎝くらいの大きさの
なにやら生きものらしい
茶色　あるいは色の定まらない枯葉色
ひっくり返すと　白

よく見ると
か細い手と足が　ねばっこくたたまれている
小さな蛙だった

まあ
なんという無防備な姿よ
ひっくり返せば白い腹を天に向けたまま
じっとしている
自分を愛してくれるものの手を
信じきっているかのように
いや　愛そのものであるかのように

もとどおり落葉をかぶせてやる
この秘密の場所から
新しい季節が始まる

2. 庭先で

それは生臭い光景だった
立ち上がった大きな木が
自分の樹皮を
ひっそりと脱ぎ落としているところを
見てしまったのだ

脱ぎ落とすといっても
幹を覆っている表皮は
複雑に組み合わされたジグソーパズルのようで
その雲形の幾片かを
ぽろっと外しているのだった

幹という組織体は
内部からの力によって少しずつ変化していき
それを包み守るための表皮が
抗しきれずに
部分的に破壊されていくのである

しかし
剝げ落ちたあとのいたいたしい傷痕は
うっすらと緑を帯び
また新しいジグソーパズルのような
雲形のピースを生成していく

このようにして
時間を生成していくのだった
幹から伸びたあちこちの枝先には
春　ピンクの花をつけていたのに
いまはもう手榴弾の形の果実を用意している

3．梅雨晴れ

思いがけない青さで
六月の空が広がった
何かの厚い膜を剝ぎ取ったように

わたしは庭にしゃがんで
不燃ごみの整理をする
古いなべや食器
ひものついた電気製品など

きょうの空はたしかに
なべや箱類を
はるかに超えて輝いている
ひもの及ばないかなたにある

空を「クウ」とか「カラ」とか読んだら
何もない、むなしい、ということだが
「ソラ」と呼んだら
痛いほどの実在として　頭上にかかる
わたしを
地上に生み落とした大きさで

かたみに
わたしも小さな「クウ」を秘めながら
古い調度類の前にしゃがんでいる

4．草を刈る

夏は朝早く鎌を研ぎ
畑のあたりの草を刈る
鎌の柄は軽い木でできているから

快い切れ味がさらっと手に響く
飛び立っていく羽化した蝶
逃げていくバッタたち
浮かんでは消えていく涼しい想念

ざわめく草の無名性がうれしい
根の張り方　茎の形態　葉の形
みどりの多彩　香りの鮮烈
刈っても刈っても芽を伸ばしてくる
底の知れなさ……

幾千年　幾万年と
人は草を食べ
草をかき分けて歩いてきた
草をしとねとして休み
草を屋根として眠った
草を追い払い　草に攻められ
草の汁で傷をいやし
そうして
草に守られて睦みあった
ときには草の葉をかんで悔しがり
草の葉を吹き鳴らして喜び
また悲しんできたことだろう

夏の朝は鎌を研ぎ　草を刈る
刈った草の香りの中に立つと
四万十川で暮らした幼少の頃を思い出す
下校のおりには友だちと
文字どおり道草をくって遊んだ
草いちごを採って食べ
棒切れで草むらに隠れる蛇を追い
やぶの中の蜂の巣をつつき
草の葉を飛行機にして谷へ飛ばし
広い葉を結んで清水を飲んだ

友との別れ道にさしかかると
蚊屋吊草の茎を二人で両端から裂いていく
裂けめがまん中で行きちがって菱形に開いたら
何回でもやり直し
うまく茎が二つに裂けたら
「さよなら、またね」と

朝露に光る草の中に立つと
祖父母に連れられ山の畑に行った時の
道道の草のうごめきがよみがえる
ぬれて重くなるズボンの裾
足の指にカヤの葉を引っかけて
血をにじませたあの痛さ
露にきらめくクモの巣　またクモの巣
細長い草の茎をとって輪を作り
クモの巣を次次と引っかけていく
露のレンズができ上がると
日が射しはじめた向こうの赤い山山を
それで眺めた

思えば遠くへ来たものである
こうして夏草の果てに立つと
なぜか
朝の街や車の列が
今でも　露のレンズで眺めた時のように
美しくゆがむことがある

5．秋海棠に寄せて

あまり広くもない庭だけれど、自分の好きな木や草花を植えている。その一つ一つに、由来と小さな思い出がある。例えばシャラ。わたしの退職記念として、職場の仲間と夏休みに京都に旅したことがあった。三十三間堂を尋ねた時、その庭にあった「印度沙羅」の実を拾ってきて植えたものだ。今では初夏のころ、香り高い純白の花を咲かせる。あの日の仏たち。朝の集会に並ぶ女生徒たちのような、りりしい姿であったのを思い出す。

また、例えば秋海棠。これも中学校に勤めていた時、一学期末の忙しいわたしの机に、ある講師の方が活けてくれた。そのまま長い夏休みを経て二学期に出てみると、葉はおおかた枯れていたが、その付け根のところに、いくつかの零余子（むかご）がついていた。これは大切にとって帰らなくては――。

その秋海棠が、いまわたしの庭のあちこちに、うつむきかげんの花をつけている。

近寄ればおののく　朝の紅いろ
宙づりの脈搏

この世にやわらかな関節をもつ茎
この世にかすかな声をもつ花弁

咲きついで　ここに在るうれしさ
足もとに寄り添いこぼれ散る紅

八月のいくつもの記憶の薄紅
消えてはともる　粘膜や　ことばや

歪んだハート形の葉の上を
日は巡り　蝶は横切り

空蟬は地に転がって
宙づりのままに降りそそぐ紅の雨

そうして

夏が過ぎていく

６．蝶

庭の木陰に
アゲハチョウの羽が
散らばって落ちていた

寿命が尽きたのか
思わぬ事故にでも
遭ったのか

胴の部分は見えないが
蟻が引いて
隠したのかもしれない

それにしても
造化の紋様の　美しいこと
散乱した羽の　配置の妙

天の窓を飾っていた
ステンドグラスの一枚が
こわれて風に舞い

地上に届けられたのだろう

７．晩夏

暑い夏になってしまった

先の大戦を振り返るかずかずの行事
せわしいテレビ番組

憲法を揺るがすような「集団的自衛権」
そしてさまざまな災害　事故……
戦後七十年の　水を下さい、
とだれかに呼びかけたくなる

部屋から　枝を垂れる庭の木を見る
サルスベリが咲いている
桜はすでに病葉を落としはじめている
わたしも
手に　頬に　声に
晩夏の光で浮き上がってくる傷を感じる

夜中に家を出たまま
帰らなくなっていた少年と少女が
むごい他殺体となって発見された
間もなく容疑者の男が逮捕されたが
コンビニや街路の防犯カメラから
割り出されたという
市長だったか
「もっとカメラを増やさなくては」

はからずも
辻井喬『新祖国論』の一節を思い出した
いま万般にわたって
果てのない競争にさらされるなか
「マーケティング病とでも呼ぶしかない現象が
わが国を席捲している。」
それは第一に
この世のすべてのものごとを「商品」として認識
し
幼少の者から高齢者まで
「消費者」としてのみカウントするということ
第二に
本来は休息・睡眠の時間であったはずの夜までも

「市場」に変えようとしていること
若者たちの　きつい勤務
追り出される者　深夜をさまよう者……
「頻発する経営の不祥事、社会的事件、
悲劇のかなりの部分が、
このマーケティング病の結果なのではないか
という気が僕にはする。」

まことに　息苦しい季節である
構造化されていく〝病的現象〟
深夜に消えた少年少女の悲劇も
防犯カメラで根本的に防げるとは
だれも思ってはいまい
やむをえず
「カメラの増設」と言ったのだ
真理はどこかにあるのだろうか

いまわたしたちは　多くの局面において
やむをえず、を生きている
やむをえず　疾走する車に乗り
やむをえず　携帯電話を抱き
やむをえず　子供たちを
学校という制度の中に送り出している
どうしていいのかわからなくて
わたしは部屋を立ち
庭に出る
風に当たる
桜の病巣を掃き集める

この世のどこかに
生きることの根柢をさぐるみちはないものか
繰り返し
ことばといのちに立ち返る方途はないか
畑に降りて

育ててきたジャガイモを掘る
大きな雲の
輝きを見上げる

8. 水仙

徒然草の第二四三段に
さっきから引っかかっている
引っかかりながら
指先で水仙の球根をいじっている

八歳の頃の兼好が父親に尋ねたのは
「人はどのようにして仏になることができるのか」
父親が答えるに
「それは仏の教えによって」と
「では順番に昔にさかのぼって
一番はじめに教えを授けた仏は
どんな仏だったのか」

この「仏」を
「ことば」、に置き換えてみたりしながら
わたしは庭にしゃがんでいる
ちょうど水仙が秋の芽をのぞかせている
冬から春へ　初夏へと葉を茂らせ
分球増殖して太り　やがて葉は枯れ
古い球根は地上に迫り出されて
根を張ることができないでいる
二つ三つ　拾い上げた

始原の仏について問い詰められ
答えに窮した父親は
ただ笑うしかなかった
「空から降ったか　地から湧いたか」と

しかし
笑ってごまかしたようにみえて
意外と本当のことを言ったのかもしれない

わたしは水仙の球根を
てのひらに乗せ
新しく植える場所を探した
天から降ってくる光と
大地の養分と
この球根こそが
始原の仏ではないだろうか

9．線

秋の畑に立って
夕日を受ける飛行機雲の一すじを見上げていたら
つい　よろけてしまった

美しい線、というものがある
わたしを遠い外へと誘うような
直線　曲線のさまざま
さてまた水平線　宇宙線　桜前線

若い日に通った小海線
学校の同僚たちと信州へ旅をした
ホテルの朝
月見草の咲く小道を散策した
くっきりと線を引く向こうの山なみ
あの時　藤村について語ってくれた先輩は
すでにこの世を去っている

線――それはもともと目に見えない
有るとも言えないし　無いとも言えない

希望とも言えるし　疲れとも言える

秋野菜の種をまき終えるころ
近くの保育園の運動会を見に行った
子供たちは
いつでもにぎやかにグランドの線を越境する
親子競技のいろいろ
親と子の思わくが時にずれて
つき座ったり　けんかになったり
単純で複雑な線の始まりを見る

空高く輝く　飛行機雲の一直線
そして
競技の合間に引き直す　石灰の
新しい白線

10. コオロギの声

山河が破れ
ふるさとは静かに終わろうとしている
そして　国だけが栄え――

まだ暗い布団の中で
こんな思いにとりつかれているうち
夜が明けた
机の前に正座し　櫛を使う
ヘアリキッドの香りを少し髪に振りかけて
農家から借りた近くの畑に
降りてみる

と

あたり一面　虫の声だった

リィー　リィー　リィー　リィー
チッ　チッ　チッ
チリリリ　チリリリ　チリリリ　チロロ……
微妙に震え　かすかに跳ね
それは振り鳴らす鈴の音　響きの海である

一歩足を踏み入れると
鈴の一つが鳴り止んだ
と思ったら　コオロギが一匹走り出た
トウモロコシの垂れ下がる葉
朝露に光る畝
雑草や土くれ

破れた山河のかたすみで
朝な朝な
祈りの声を上げていたのだろうか
壊れていくふるさとの端ばしを

ふるえながら
綴り合わせようとしているのか
よく聴いてみると
虫たちだけではない
近くの電柱も　民家の屋根も
そして空も
すずやかに共鳴していた

その日はほとんど
自分の部屋で過ごしたが
不思議な根源語でも聴くように
リィー　リィー　チリリリ
コオロギの振り鳴らす鈴の音を聴いた
読み終わった新聞をたたむとき
詩を書こうと
2Bの鉛筆を削っているとき

解体へ

1．帰郷

6㎞にも及ぶ久礼坂を登り切り
高南台地に出ると　雪が降りはじめた
四国中央の不入山を源流とする四万十川が
ここで西へと向きをかえ　蛇行を重ね
愛媛県境近くまで流れ下ったところが
わたしの故郷である

川に沿って車を走らせる
一面の白茶の枯れすすき
出水でもまれた川岸の竹やぶ
杉や樫や椎の山を映して
四万十川は黒い緑の鉱物のように鎮もり
あるいは瀬を作っている
稲を刈った切り株の田んぼに雪が降る
子供らがわなを仕掛けて小鳥を捕った山山
炭焼き小屋のあったところ
焼酎の密造をしていた谷間に
雪が降っている

魯迅の「故郷」の冒頭を思い出した

　きびしい寒さのなかを、二千里のはてから、別れて二十年あまりになる故郷へ、私は帰っていった。

　もう真冬の候であった。その上、故郷へ近づくにつれて、空模様はあやしくなり、冷い風がひゅうひゅう音を立てて、船のなかへまで吹きこんできた。篷《とま》の隙間から外をうかがうと、どんよりした空の下に、わびしい村々が、いささかの活気もなく、あちこちに横たわっていた。心中おぼえず寂寥の感がこみあげてくるのであった。

　ああ、これが二十年来、片時も忘れることのなかった故郷であろうか。　（竹内好訳）

魯迅の「私」は　故郷に別れを告げるため
調度類を整理するために帰ってきた
わたしの場合
故郷にはすでに別れを告げ　生家はない
その脱出した故郷がなぜか気にかかり
何かを確かめたくて
こうして家族を連れて雪の中を走っているのだ

日本が経済成長の道をたどるなか
村からは止むことなく人人の流出がつづいた
わたしが故郷を離れたのは　まず中学校卒業の時
数少ない進学組として多くの級友を後にしてきた

次は父が営林局を退職し
故郷に残していた祖たちの骨を
高知市の新しい納骨堂に移した時
掘り出した頭蓋骨を父が鍬の頭で叩き割り
幾片かずつ拾って壺に納め
残りの骨はもとの穴に掻き込み
石碑も入れ　土をかぶせ　塩をまいた
その時のことをわたしは次のように書いている

　嗣よ　と正則さんが私に言う
　こんど帰ってきてもこの墓へ来ちゃいかんぞ
　　墓を拝んじゃいかん
　ここはもう先祖の墓じゃないことを知っちょ
　　けよ
　来ちゃあいかん場所になったけんねえ

二度と来てはいけない場所　大部分の骨は残

ったのに
それはもはや祖父や祖母ではなくなった
決して拝んではいけないもの
きっぱりと棄てた忌むべきものとなったのだ
選びとられた骨だけを抱いて

（詩集『四万十川』）

わたしが故郷へ向かうのは
捨ててきた骨たち
村に残ってもがきながら地域を支えている人たち
のことが
何かのおりに意識をよぎるからである

今回　妻と息子夫婦を連れて帰郷したのは
ふるさとの道の駅「とおわ」のことが
新聞のすみに紹介されていたからだ

ここの「椎茸のたたき」は評判だと
雪の道中　ほとんど人影を見ることはなかったが
道の駅にははたして人が集まっていた
改めて窓からなつかしい風景を眺める
雪が激しくなっている
左手上流から大きな四万十川が現われ
食堂の窓の下までぐうっと迫り
右手の向こうへ急カーブしながら消えている
昼食にとった目当ての「とおわかご膳」は
椎茸のたたき　青さのりの天ぷら
四万十ポークの生姜焼き　青のり刺身こんに
ゃく
ちゃわんむし　炊き込みごはん　味噌汁
一一〇〇円　おいしい！
夏のころのメニューには　また
川魚を交えたどんな彩りが添えられることだろう
いま雪の中に薄らいでいる山山　そしてこの川

父と母の青春の舞台であり
わたしの少年の頃の語り尽くせない原風景である

こうして冬に帰郷したのは　実はもう一つわけが
　ある
猪肉を買う算段である
風の便りでは　イノシシ　シカが出て困る
タケノコを食い　イモを掘り　田を荒らす、と
しかるべき店に入ると
「イノシシはうちには置いてないぜ。獲ったらみ
　んなで、
分け合って食べるけんねえ」
次に立ち寄ったスーパーでは
「うちにはないけんど、知り合いのところにある
　かもしれん」
雪の降るどこかへ向かって電話をかけてくれた
薄暗い店の中に立ちながら　そのとき

数年前に読んだ新聞記事（と写真）を思い出した
「土佐・民の営み——狩猟の神事（四万十町）」
　——静かな山あいに立つ小屋が一瞬、厳かな
雰囲気に包まれた。手作りの神棚に供えられ
たのは、そぎ取り、竹ぐしに刺した、耳。そ
の前で、銃を置いた無骨な男衆が静かに手を
たたく。——（高知新聞・'09年12月7日）
解禁になると四、五人が組んで山に入る
安全と〝豊猟〟を願い
割り竹に「お札」を挟んだものをあちこちに立て
　お神酒を供える
犬を連れて獲物を追い出す者
待ち構えていて仕留める者
そして小屋に運び
そぎ落とした耳を供えて感謝の儀式……
店のおばさんの電話の向こうには　獣や神や村人
　たちの

ひそひそ話でつながる生臭い共同体のようなもの
が
息づいているような気がする
「あるらしい、分けてあげてもよい、少し高いか
もしれんけんど、10分ぐらい待ってくれたら」
親切に言ってくれたが
そこでは買わずにまた雪の道を急いだ
高南台地まで帰ってきたとき　一つの確かな情報
を得た
久礼坂の峠の近くだ
来る時は雪に出会って気付かなかったが
やっとイノシシの看板をつきとめることができた
先客もいて　いろいろと話してくれた
ワイヤで足を引っかけたものはおいしくない
暴れまくって脂がおちる
雌でも稚いものはいまひとつ
仔を産んだくらいのものがおいしいねえ

猪肉を十分に買う
おまけに特製の味噌まで付けていただく
店を出るときには雪も止んでいた
四万十川沿いの長い道のり
異界のにおいのする不思議な国をくぐり抜けてき
たように思う
峠からはるか見おろすと
かなたの土佐湾に夕日が差し
きらめいていた

2. 笑う母

母が
車の後部座席で笑っている
ひとりで大きな声で笑っている
山桜でも見に行こうかと

家の奥の奥から誘い出したのだ
たまには外の空気も吸わにゃいかんよ、と

何年か前
母はわたしの家に来て
「なにか、みょうに、おかしい」とつぶやいたこ
　とがあった
それがどういうことなのか
あの時はつかみきれなかったけれど
母にとっては整然と明け暮れていた日常が
過去から現在に至るさまざまなものごとが
あちこちで変なうめき声を上げ
影がうすれ
あるいはねじれはじめていたのではなかったか
やがて
家族への激しい不信の日日をくぐり抜けたあと
経験する、記憶する、ということを

あっさり放棄してしまった
いま、という一点にすべての重量をこめて
母は怒り　母は笑う

山の方へでも行こうかと
家の奥から連れ出して　川をさかのぼり
菜の花の谷間の道を曲がる
心が溶けてしまいそうな　さくら
あちこちの山あいに
ほんのりほんのりと咲きしずもり
あるいはとつぜん目の前に色めき現われる
「戸川へ来たねえ、
大滝じゃろ、ここへは何回も来た」
母は後ろで声を上げる
生まれ育った遠い四万十川の
なつかしい部落の地名である
やがて車には

他界している母の親や　兄妹
幼友だちまで乗り込んできて
にぎやかに話す　笑う

軽くなった母を誘い
重くなった母を乗せ
山桜の咲く谷間をたどる
母は笑いつづける
山も笑っている

3．椎の花の森で

「電波を止めますよ」
ドコモショップの若い女性が
パソコンの前に座ってそう言った
実はきょう
携帯電話を失くしたのだった
四万十川源流となる不入山
そのふもとの村に住むすぐ下の弟から
イタドリでも採りに来んかね、と誘われて
ウツギやエゴの花の咲く道
椎の花や若葉のにおいの満ちる谷へ分け入るうち
どこかへ
何かのはずみに
落としてしまったのだ

「電波を止めますよ」
名前と番号を検索しながらそう言った時
ふっと
先月亡くなった父のことを思い出した
風邪をこじらせ病院へ行ったら
すでに重い肺炎に侵されていた
酸素が足りなくて吸入器をつけた

そして人工呼吸器に取り替えた
一時　良くなるかにみえ
治ったらふるさと戸川にもう一度つれていってくれ、
としきりに言っていたが
痰がとれなくて気管を切開し　声を失った
腎不全を起こし手足が水ぶくれになった
心搏は速く　血圧は徐徐に下がっていく
昏睡状態になり　足が冷え　あんかを入れた
「輸血という方法が残っていますが」
主治医が言った
その必要はないです、とわたしは答えた
それからまもなく
心肺が止まった
電波が止まった
教会の人たちに送られて

父の体は高知大学医学部に献体されている
大きな建物の涼しい一室に
堅くなって横たわっている
いいえ　いいえ
そこには昔ながらの四万十川が悠然と流れ
ワラビが萌え　ウグイスも鳴いているはずだ
電波の止まった父の体は
仰向けに　あるいはうつ伏せに　あるいは斜めに
地上のだれとも交信することなく
木下闇を漂っているだろう
椎の花のもえあがる森で

4. 朝顔

きわどいところを生きているような気がする
いつ死んでも

行方不明になってもおかしくないような
きょう生きて
朝の生ごみを出す
そのごみの　手にかかる確かな重さ

ついでに近くの両親の家にも立ち寄った
二人とも
この世にはいないのだが

庭にはまことにおいしい無花果が
日に日に熟れている
もう少しおいたらもっとおいしくなる、
と思っていたら
先にカラスにやられることがある
カラスもきわどいところを生きているのだ

ちょっと離れた墓地にも寄ってみた
盆のころに挿した花の枯れたのを取り除き
新しい無花果を供え
手を合わす
父は肺炎が悪化して
母は父におくれ　介護施設で

わが家に戻ってみると
出るときには気づかなかった朝顔の花
紺の　うすいピンクの
花花のかすかな叫び声に立ちつくす
遠い旅から帰ってきたように

5. 解体へ

十年にわたって空き家となっていた父の家を
この春　解体する
屋地は一番下の弟が相続する
おいしい無花果も大きなビワの木も切ってのける
塀ぞいの肉桂だけは残すことにした
父の四万十川の思い出の木だ

この小さな平屋の家で
退職後の父は聖書を読み　絵を描き
日曜市へ好きなものを買いに行き
年を重ねた
母は七十歳を過ぎたころから
少しずつ心に異変を来した
聞こえるはずのない声が聞こえはじめた

遠い祖たち
満州へ行ったまま帰ってこなかった幼友だち
その呼び声に誘われて家を出る
戻らなくなり捜しに行ったことも幾たびか

改めて　弟と二人で遺品を点検する
キリスト教関係の本
たくさんの量の色紙や短冊に描いた水墨画
そして手帳
細かい字でぎっしりと書き込んでいる
聖書の言葉や　日日のできごとなど
だんだんと大きな字になり　字体もこわれ
　ばあちゃんのところ（施設）につれていって
　もらう
嗣夫がめしをたいてくれた
大便が出た
きょうは水曜日

親族や病院の電話番号……
そんなことが繰り返し繰り返し
そういえば父は炊飯器の扱いがわからなくなり
真夜中に助けを求めに来たこともあった

写真　アルバムも多い
二人が生きてきた数数の痕跡
教会が韓国から招いたと思われる女性を囲んだ写
　真
裏側には父の字で
「女史に対してわたしが朝鮮で犯した罪を告白し
　た日」
父は大戦中　朝鮮に渡り
徴兵事務の仕事をしていたことがあった
「罪」とは何だろう
また　若い日の父と母が並んだいい写真　だが
それは半分に断ち切られ　母だけが残されている

父を切り捨てたのは母である
二人の間にどんなドラマがあったのか
四万十川の山奥から高知市へ出てきた当時
父は酒におぼれ
まともに給料を家に入れず　母を泣かせた
朝鮮へ渡ってから途絶えていた教会に
父がふたたび通いはじめたのはそのころのことで
　ある

母の遺品は　衣類のほかには何もない
認知症になってから紙おむつをたくさん買ったが
使わずに施設に入った
その袋をあけてみると　ネズミの巣である

自分たちのものをほとんど整理することなく
父は天国へ行ったことになる
遠いふるさと四万十川と

残す家族への思いばかりをつのらせて
家の中に散乱した調度類　新しい食器なども
魯迅の「故郷」では　みなが欲しがり
盗んでいこうとする者まであったが
今ではこんなもの　やっかいなごみだ
手帳類と写真・フィルムだけ段ボール箱四つにま
　とめ
弟に焼却炉へ運んでもらうことにする
あとは解体業者がすべて始末してくれるのだが
宅地も入れて80万円で建てて以来
五十年にわたって家族を抱いてくれたわが家であ
　る
雑多なものをすこし整理し
大まかに掃きそうじをした
わたしの最後の
ふるさと脱出である

保育園へ孫娘を迎えに行った妻が
帰りがけに古い家に立ち寄った
孫娘はいま
花の終わったタンポポを引きちぎって
小さな落下傘を吹き飛ばすのが好きだ
道ばたや庭のすみに
白い玉を目ざとく見つける
うまく空気をためて吹き出すことができなくて
綿毛を口にくっつけたりしている

ふるさと脱出——
しかし　どこへ?
「幸福《さいはひ》なるかな、柔和なる者。その人は地を嗣《つ》がん」
（マタイ伝福音書）
これはわたしの名前の由来であると父に聞いたこ
　とがある
自分の内なる「地」を

尋ねる手だてもないままに
花が咲き　雲が流れ
万物は去っていく
飛び上がったタンポポは　わたしの知らない場所
で
新しい着地を試みるだろうか

〈詩〉をめぐるノート

『日常の裂けめより』（二〇一四年）抄

花の非花的側面、という詩のみなもと

1

内田義彦に「正確さということ」という文章がある。この中で内田は、中谷宇吉郎の「地球の円い話」をとり上げ、大局からみた正確さということについて論じている。

地球はどんな形をしているか。小学生なら球と答える。ところが地球についての専門的な知識が進むにつれて、それは完全な球ではないということになり、ついには南北にすこしひしゃげた形（例えば筆者内田は夏みかん型）をイメージするようになる。そこで中谷宇吉郎はこう書く。「これらのいろいろの説明の中で、いちばん真に近いのは、結局小学生の答えであって、地球は完全に円い球であると思うのが、一般の人々にとってはいちばん本当なのである。」なぜか。かりに地球を直径6㎝の円で示すと、そのでこぼこやゆがみは、たかだか線の幅の半分にすぎない、というわけである。

この話をもとにして、筆者の内田義彦は次のように述べる。「本来正確な事実であるところのものが、受け取りようによっては完全に正しくない像の形成に結果する危険を蔵している」、このようなことは今でも案外多い、と。現在では地球を宇宙から眺められるようになったから、その形を夏みかん型にイメージする人はいないと思うが、広い座標、大きな視点をとることの難しい問題については、同じようなことが起こる可能性がある。

この話は、実は詩の問題を考える時にもわたしの胸をよぎるのである。わたし（たち）は、「詩は感動の表現である」というふうに習ってきた。単純明快であり、また、万葉集に始まり、近世の俳諧、近代詩歌を読むと、それは納得のいく説明であった。ある辞書にも、「風景、人事など一切の事物について起こった感興や想像などを一種のリズムをもつ形式によって叙述したもの」とある。詩を散文と区別した定義である。

ところが戦後詩、現代詩に至り、さまざまな詩の形が試みられるようになり、例えば吉岡実の「僧侶」などを読むと、これは「感動の表現」だろうかと、だれしも疑いを持つようになる。そして詩についての考え方も様変わりするようになった。

書くという行為は、あらかじめ作者の胸の中にあったもの（感興など）を、言葉によってできるだけ正確に写しとり、それを読者に伝達することとは少し違うのではないか。書かれる内容は、むしろ書く行為をとおして、言葉の構造やさまざまな関係の中で、初めて形を現わしてくるものではないのか。また、書く主体としての「作者」と、作品における「語り手（私）」とは、言葉の本質からして別ものと考えるのが妥当ではないか。さらに、詩が言葉で書かれる以上、どこかで先人の言ったこと、書いたことを下敷きにしているわけで、それは「引用」の織り物と言ってもいいものではないか、等々。これらは現代のさまざまな専門知を援用した考え方である。

ここでわたしの胸をよぎるのが、先ほどの内田義彦の文章である。正しいはずの考え方が、受けとめ方によっては正しくない像の形成に結果する（加担する）危険性があるのではないか、と。わたしが感じる「正しくない」とは、一つ具体的に言えば、詩が限りなく散文化していく可能性を指している。現代の詩に必要とされる「批評性」、あるいは「思想」も、受け取りようによっては散文化につながるのではないか。個々の詩人が詩のある側面にスポットを当て、独自の手法としてそこを尖鋭化させ詩作することには何の問題もない。それは多様性である。だが全体の流れとして散文へ拡散するとしたらどうなのか。短歌や俳句は音数律によってある程度それを防いでいるが、自由詩はそうはいかない。

散文化のもともとの原因は、定型詩から口語自由詩に移ったことにあり、これは必然の流れである。多くの近代詩の名作も生まれた。戦後詩を経験し、現代詩と呼ばれるころから、「これまでの詩とは違った詩」「詩らしくない詩」を安易に求めようとする傾向も生まれ、今日に至っている。

いま、詩はどうか。わたしの印象を言うと、確かに現代の詩だと思われるすぐれた作品が書かれているいっぽうで、作者はどういうことを考えて詩作しているのか、それらを「詩」としてつなぎとめる共通項は何なのかが分かりにくい作品もふえてきているということである。その中でも一つのタイプは、まさに口語の自由なおしゃべり、批評精神を込めながら一種の話芸でそれをつないでいくといったもの。読んでおもしろい作品ももちろんある。もう一つは、書かれたものを「詩」として提出するために、喩をはじめとするさまざまな技を仕掛け、おのずと理屈っぽく難解になっていくもの。ここでいう難解とは、必ずしも意味の文脈をたどりにくいということではなく、直感的に読者の胸に届くものが希薄、という意味である。さきにあげた吉岡実の「僧侶」は、意味内容の解説など少しも必要としないすぐれた作品だと思う。詩にとって大事な「リズム」もある。

以上のようなあれやこれやで、わたしはもう一度、「詩は感動の表現」という素朴な定義を見直してみたい。現代の詩がもっとシンプルになるはずである。中谷宇吉郎が、地球のでこぼこやゆがみをかかえ込んだ上で、結局地球は球、と述べたのに似ている。散文への拡散（境界の消滅）が時代の流れにそったものならなおのこと、「作者の感動」――いや、だれ（どの場所）における感動でもいいのだが、作者がそれに共感ないし関心をもったかららこそ作品に仕上げるのである――を意識的に包摂しておきたい。詩が形式として霧散していくような遠心力が働いているのなら、同時にそれ相当の求心力も必要ではないか、というのがわたしのこだわりである。そのような運動として「感動の表現」を考えてみたい。なお一つ付け足しておくと、日本には短歌、俳句という長い詩歌の伝統がある。これを詩から切り離してはいけないということも、胸のうちにある。

2

「感動の表現」というときの「表現」について。宗教哲学者の八木誠一は、ある人との対談の中で、言語というものを三つの側面（機能）でとらえている。⑴記述言語——ものごとを対象化し、分析し、客観的に記述する言語。代表的なのは自然科学の言語。⑵表現言語——外からは見えない心の中の経験、内面の真実を語る言語。詩的言語や宗教的言語。⑶動能言語——他者を動かすための言語。命令、依頼、脅迫、約束や合意、倫理の言語。実際の日常語においては、これら三つの機能が入り交じっている場合が多い。

この分け方に従うなら、詩作品は、作中の語り手をだれ（何）に設定しようとも、またリアリズムに重点を置くもの、「引用」を戦術的に試みるもの、その他いずれであっても、作者の内面に主たる根拠を持つかぎり、「表現言語」といってよい。

次に「感動」ということについて。これはかなり大ざっぱな言い方で、その内実は複雑である。詩はそれだけふくらみがあるということでもある。ちなみに文法上の感動詞は、「ああ」などのあきらかな感動の言葉のほかに、「もしもし」「おはよう」「はい」などの、呼びかけ、挨拶、応答などの言葉も感動詞のうちに含める。また実際、日本の詩歌においても、挨拶の意を込めたもの、オマージュの働きをするもの、相聞歌のような応答の作品、ことば遊び的なもの、本歌取りという「引用」の方法もある。それらをひっくるめて「感動の表現」というわけである。さらにこの「感動」という言葉には、世界を「もの」として見るのではなく、「こと」としてとらえようとする志向も込められている。

その「感動」なるものが、詩作に先だって作者の胸のうちにあるのかどうかについては、議論のあるところかもしれない。わたしの場合は、やはり何かある、というのが正しい。さあ書こうか、といっていつでも書き出せるわけではない。詩作のきっかけとなるものがあって（経験して）、すぐに作品の骨格がイメージされ、できるだけ早くペンをとって言葉にととのえていくということもあれば、そのきっかけとなるものをしばらく胸のうちに遊ばせておき、機が熟して作品化していくということもある。その過程で、最初のイメージがかなり変形していく場合も多い。

'06年、日本現代詩人会・西日本ゼミナールが愛媛県松山市で催されることになったとき、わたしに講演の依頼があった。わたしはしばらくためらった。理由はいくつかあるが、その一つは健康上のことで、右肺に小さな影が見つかり、精密検査をしたり経過観察をしたりしていた時期だったのである。しかし、松山の事務局から提示されたテーマが「日常の裂けめより」ということで、妙にこの言葉がひっかかり、わたしの内に根をおろしはじめた。これは先ほど言った詩作のきっかけをうまく表わしており、また逆に、わたしのこれまでの詩作がこの言葉によって照らされるようにも思われたのだった。そこで講演を引き受け、その時点での自分の考えを整理し、ゼミナールの責任をなんとか果たすことができた。

「日常の裂けめ」——日常の中で不意に現われ、そして消えていく非日常。それは、身近な人の死、東日本大震災のような、なかなか消えてはくれない、消してはいけない大きなものもあるけれど、ここで問題にしたいのはそのような衝撃的なものではなく、日常のふとした折にだれにでも起こる、心の揺らぎ、引っかかり、何かの前ぶれのようなものである。あるいは言葉と言葉の思いがけないドッキング、そんなことで起こることもあるだろう。夢として現われる場合もある。何か初めてのもの、得体の知れないもの、名付けられないものを感知した、世界のどこかに触った、というかすかな驚き、不思議感覚、それはこの世の「リズム」とも通い合う……。

その後、わたしの考える「日常の裂けめ」が、いろいろな言葉と結びつくことを知った。まず「経験」ということ。さらに西田幾多郎の「純粋経験」。「もの」に対する「こと」。井筒俊彦『意識と本質』（岩波文庫）の中で見つけた「花の非花的側面」という言葉、など。あるいは「色即是空　空即是色」という言葉も、どこかでつながっているような気がする。

初めの「経験」ということは、熊野純彦がその著書『メルロ＝ポンティ』（ＮＨＫ出版）で引用したメルロ＝ポンティの言葉、「無言の経験を表現にもたらすことが問題である」の「経験」である。「無言の経験」というのは、人が物事に（知識をもってではなく）直接に触れた時の、言葉では言い表わし難い新鮮な心の動きを指している。

わたしたちは、空は青い、雲が美しい、ということを知っている。しかしそれは当たりまえのこととして（知識として）知っているのであって、じかに空や雲に触れ、我を忘れて見入り、「青い」「美しい」を経験して心を動かす、「おうい雲よ」と挨拶をかわす、ということは案外少ないことに気づく。詩作はそのような「経験」をきっかけとするのではないか、ということである。

以上のようなことをふまえた上で、わたしはさし当たり詩を次のように定義してみた。（「見えないものを見えるかたちに、という詩の志」、「兆」151号）。——詩とは、「私」が「私ではないもの」（私から隠されたもの・私にとっての他者性）に出会った時の、驚き、不安、喜びを表現するもの——。これは、「感動の表現」をすこし肉づけしたものである。「喜び」は、他なるものとの共振、と言い替えてもよい。

出会う、と言ったのは、日常の裂けめ、つまり詩のきっかけは、なにげない折に不意に訪れるものであって、こちらの心がけや言葉の操作だけでなんとでもなるものではない、という心持ちを込めたものである。また、「私から隠されたもの」という言葉を使ったのは、ちょうど東日本大震災の直後で、人々は今まで経験したことのない自然の猛威にさらされ、また原子力発電所の隠されていた事実が次々と明るみに出、その被害に翻弄されていた時期だったということも関係している。まさに「私ではないもの」に直面したのであり、そこから多くの詩作品も生まれた。

しかし、このような非常時ではなくても、人の死はもちろんのこと、自然も人間も（特に恋の相手としての異性など）、日ごろ自分がなじんできたものとは違う側面、つまり他者性（謎）を隠し持っており、それに触れた時に心は動く。したがってわたしの詩は、相聞、挽歌、四季のうたの類も包摂することになる。さらに言葉を添えるなら、日常のどんなありふれたこと、あるいは全く無意味なことでも、別の新しい文脈（気流）においては、他者性として、つまり自分にとっての新たな真実として、不思議な光を放つことがあるのではないか。そのように世界は開かれているのではないか。

3

先に、「日常の裂けめ」とつながるものとして「花の非花的側面」という言葉を書きとめたが、それについて少し説明を加えておきたい。少々長くなるが、井筒俊彦『意識と本質』の中からその部分を引用する。

　こうして言語はもともと無限定的な存在を様々に限定してものを作り出し、ものを固定化する。ここで固定化とは言語的意味の実体化にほかならない。（中略）山が山性によってがっしりと固定され、山以外の何ものでもなく、また何ものでもあり得ないという柔軟性を欠いた存在論は、哲学的にも前哲学的にも、山の本当のあるがままにたいして人を盲目にする、と仏教は考える。

「僧肇《そうじょう》は『天地と我とは同根。万物は我れと一体』と言っているが、私にはどうもこの点がよくわからない」と言った人にたいして、南泉普《なんせんふ》願《がん》禅師は庭に咲く一株の花を指しつつ「世人のこの一株の花を見る見方はまるで夢でもみているようなものだ」と言った（碧巌録、四十）。世人の目に映る感覚的花は花性をその本質として動きのとれぬように固定されたものである。花の花的側面だけはありありと見えているが、花の非花的側面は全く見えていない。つまり花を真に今ここに咲く花として成立させている本源的存在性が見えていないのだ。このような形で見られた花は夢の中に現われた花のように実は取りとめもないものだ、というのである。

　一たん分節されて結晶体となった存在は、もしそのものとして固定的、静止的に見られるならば、分節される以前の本源的存在性を露呈するどころか、逆にそれを自己の結晶した形のかげに隠蔽するものである。このような場所では、人は存在を見ずに、ただ存在の夢を見る。

まずここで述べられていることは、目の前にある存在が「山」とか「花」とか区別され、名付けられる（分節される）ことによって、もうそれは山以外ではありえない、花以外ではありえない「もの」として固定化される

（結晶化される）。花の非花的側面は言葉によって隠蔽され、名付けられる以前の山や花の「あるがまま」の在りようは見えなくなってしまう、というのである。「物は見ない、物の名を呼ぶ」（小林秀雄）という言葉があるが、これは引用最後の「人は存在を見ずに、ただ存在の夢を見る」と同じことを言ったものであろう。

この「あるがまま」の在りようを見たいというのが仏教、特に禅であり、また詩も同じ志向をもつものだと考えられる。先にちょっと触れたメルロ＝ポンティの言葉を、熊野純彦は次のように言い替えている。「日常のなかでは、ふつうの言葉によって覆われてしまっている、経験の始原的な次元を探りあて、もう一度ことばにもたらすことが、メルロ＝ポンティにとっても問題なのです。」そしてこのような思考の課題が、「世界を見つめなおす詩人の課題と交じりあう地点を確認してみたいと思います」、と。

例えば高浜虚子に次のような句がある。

白牡丹といふといへども紅ほのか

ここでは、「白牡丹」と名づけられることによって見えなくなってしまった非白牡丹的側面、つまりほのかな「紅」を発見している。しかしこの場合の「あるがまま」は、それだけではないだろう。本文に即すと、「あるがまま」は分節される以前の「本源的存在性」という抽象的な言葉で示されている。具体的な言葉に置き換えがたいところだから（置き換えたら「もの」化される）、ちょっと分かりにくいが、あえてわたし（たち）の詩に引きつけて言い直すと、生命の脈動、存在の輝き、というようなことになるのではないか。「白牡丹」の「あるがまま」は、さしあたりほのかに「紅」を含む白牡丹だが、それだけではなく、その「紅」を発見した驚きをとおして、目前の白牡丹に、「もの」から解き放たれた生命としての脈動、存在の輝きを感受したのではなかろうか。表現のみなもとは、そういう経験にあるのではなかろうか。

「存在の輝きにたいする感受性」という言葉は、見田宗介がなにかの文章で使っていた。彼の著書『宮沢賢治』（岩波書店）の副題は、「存在の祭りの中へ」である。その文中において、賢治の詩を引用しながら次のようにも述べている。「雪が往き、雲が展けてつちが呼吸し、幹や芽のなかに燐光や樹液が流れる、このようななにごとの不思議もないできごとのひとつひとつをあたらしく不思議なものとして感受しつづける力」。そういえば賢治の作品では、風や光の中であらゆる存在が脈動し、声を発している。熊が「熊の非熊的側面」をみせ、どんぐりは「どんぐりの非どんぐり的側面」で輝いているように思う。そこでは、熊もどんぐりも一郎も、「同根」である。

　さて、以上のように説明してくると、詩とはなんとややこしいものか、という印象を受けるかもしれないが、そうではない。名詩を多く読むことによって、みな詩とは何かを経験的に知っている。いろいろな知識や言説にとらわれないよう、心を開いてさえおれば、何か、世界のリアルに触ったかすかな揺らぎとして詩は訪れる。その揺らぎの中で新しい言葉を手探りしていく。「薔薇ノ木ニ　薔薇ノ花サク」不思議（北原白秋）、「蟹を食うひともあるのだ」という驚き（会田綱雄）――そのような日常の裂けめ、花の非花的側面から、（あるいはそれを認識の根底において）、叙情詩をはじめ志や思想を述べる詩など、多様な作品が展開される。

詩への思い

入沢康夫の『詩の構造についての覚え書』(思潮社、一九六八年)を再読してみた。その中で、詩作品を大まかに次の二種類に分けている。A、自分の私的な日常や感懐を書こうとするもの(私詩と呼んでおこう)。B、詩の〝構造〟を自覚し、言葉によって作品を構築していくもの(非私詩的なもの)。

入沢は、Aの私詩的なものにはあまり好意が持てない、なぜなら、詩の作者と発話者(作品における「私」)とを混同する甘さがある、としている。この二者には決定的に断絶があるということを、詩の構造の柱にすえた考え方である。ただ、私詩のすべてを拒否しているのではなく、ここから傑作を生み出すこともあり、そのためにはより高い才能と技術が必要だ、とも付け加えている。

現在においてはすべての作品をＡＢに峻別することはできまいが、およその傾向として分けて考えることはできる。誤解のないように付け足すと、たとえば反戦詩のような作品でも、A的なものとB的なものがあると考える。

A(私詩)の困難はどこにあるのか。わたしなりに言えば、詩を作者あるいはそれに近い「私」から書き始めるのはいいとしても(いや、むしろそのほうが大切な場合も多い)、どのようにしてその「私」を超え出るところまでもっていくか、というところにある。一種の抽象化が必要である。そうしないと、作品は自分の近辺に閉じられてしまって、多くの読者(読んでもらいたい相手)に届かない。その「私」の超出をうながすものが、入沢の言葉でいえば、詩の構造の自覚ということになるだろう。

それではB(非私詩的なもの)の困難はどこにあるのか。一言でいえば、リアリティーということになる。Aの場合は、なぜそんな詩を書こうとするのか理由がはっきりしている。世界はまず自分の場所から始まるのだし、人間が生きるということの具体性、身体性に多くの人の関心があるからである。ところがBは、なぜそのように書くのか分かりにくい場合がある。これはBが、「感じる」（身体性）を置き去りにして、「考える」が走りすぎる傾向にあるところからくるのだと思う。読者の胸にひびくものにするためには、言葉だけで設計された非私詩的な構築物に、その根拠となる「私」を住まわせなくてはならない、ということではなかろうか。結局はどちらも「私」の問題に行きつく。

入沢の作品でわたしが好きなのは、「未確認飛行物体」と題する短い詩。タイトル自体が詩とは何かを物語っているようだ。中学生の教室で何度も読んできた。「薬罐だって、／空を飛ばないとはかぎらない。」で始まる。水のいっぱい入った薬罐が夜ごと台所をぬけ出し、銀河の下、雁の列の下、人工衛星の弧の下を、飛んで飛んで、「砂漠のまん中に一輪咲いた淋しい花」に、水をみんなやってもどってくる、という内容である。ここには、単なる（自我としての）「私」を超え出た「私」が住んでいる。こんなに優しく広がりのある作品を、今の詩人はもっと書いてほしい、かつて芥川龍之介など第一線の作家たちが、子供にも大人にも読める名作を数多く書いたように、と教師の立場からも思ったことだった。

最近、詩を書きながら思うことは、人間が生きていく上で大事なことは、すでに多くの哲学者、宗教家、詩人によって言い尽くされている、いまさらわたし（たち）が新しく書き出すことなど無いのではないか、ということ。しかしそれでも書きたいと思い、書こうとする、それはなぜか。おそらく、自分の経験を通さなければ言葉は生きてこない、ということだろう。分かりきったことかもしれないが、自分の詩作にあえて理屈をつければ、先人の残した言葉を自分の現実の中で語り直す、ということである。

作品の「新しさ」ということがよく言われる。これは主に現代の情報化、消費化社会のありようから出てくる言葉だと思われる。わたしは「新しさ」を、他の作品との違い（差異）には置きたくない。それは空しい。やはり自分の経験ということに置きたい。「空が青い」ということを、もう一度「経験」して、語り直したい。それが、言葉に出会うということではなかろうか。

解説

「重い沈黙」の中で「精霊のような純粋さ」と語り合う人

『新・日本現代詩文庫134　林嗣夫詩集』に寄せて

鈴木比佐雄

1

高知県に暮らす林嗣夫さんの第一詩集から最新詩集『解体へ』までを網羅した『林嗣夫詩集』が刊行された。収録された詩篇を読み終えると、私の心の血管に言葉という血液が流れて、心の隅々が温かくなり新鮮な精神を取り戻していくように感じられた。林嗣夫という五十一年も高知学芸中学高等学校の国語教師であった詩人の言葉には、子供と大人との間で交わされる言葉以前の「重い沈黙」や「精霊のような純粋さ」との語り合いが記されている。そんな「重い沈黙」を経た言葉を蘇生し再構築するのが、林さんの詩の試みなのだろう。そんな「重い沈黙」を孕みつつもしなやかな詩の言葉は、私たちの心を他者の感受性を尊重する「寛容な精神」へと促す栄養物のように働くだろう。

一九六五年の二十九歳の時に刊行した第一詩集『むなしい仰角』の中に詩「授業のかたみに」があり、この詩の前半部分を引用したい。

わたしはもう教壇に立って
おまえたちの前で長い演説をぶつのがいやになっ
た
わたしはこれまでどんなにたくさんの言葉を
おまえたちに投げかけてきたことだろう
わたしの言葉はガラス張りの教室の中で
それに似つかわしくシャボン玉のように美しい
それは音もなくこわれ
またやさしい風に乗っておまえたちの耳もとを流
れすぎる
しかしわたしはもうやめにしたいのだ
そんな七色の言葉でおまえたちと話すのを

実はわたしは沈黙に帰りたい
わたし以前の分節されない重い沈黙に帰りたい
胎内の闇まで帰ってもういちど出直してきたいの
だ

（「授業のかたみに」前半部分）

「かたみ」とは「片身」や「肩身」ではなく「形見」であろうか。すると「授業の形見」とは、授業時間に一方的に教師が話した教科の内容から零れ落ちた、本来的に伝えたかった形見分けのような言葉を示しているのだろうか。林さんは「教壇に立って」、「長い演説をぶつのがいやになった」と言い、一般的な教師の授業の時に吐かれる「演説的な言葉」や「七色の言葉」で子供たちと話すことに虚しさを感じている。そして「わたし以前の分節されない重い沈黙に帰りたい」と願い、「胎内の闇まで帰ってもういちど出直し」たいとさえ願うようになる。教師になって四、五年経った林さんは、教育行政から指導される授業時間に子供たちを管理することへの怖さや虚しさを痛感したのだろうか。詩集名に「むなしい仰角」というタイトルをなぜ付けたのか謎であるが、子供たちが教師の一方的な「演説」を仰ぎ見るようにして耐えている「虚しい姿」を暗示していたのかも知れない。林さんはそんな子供たちに「虚しい言葉」を強いていることに恥じ入り「胎内の闇」まで遡って出直したいと思ったのであろうか。この詩の中間部分は次のようになっている。

おまえたちはそれぞれの机で
仲良く自分の勉強をするがいい
わたしもまた自分の教卓で
自分の本を読み自分のことを考える
そして疲れたら静かに立って
黒板の拭き掃除をしたり花瓶に水をつぎたしたり
しよう
あるいは窓から遠い山脈を眺めよう

このように林さんは子供たちに自分で学ぶことの楽しさを知ってもらい、何かの疑問や問いを発見したり、それらを自らの頭で知りたくさせる子ども中心の授業時間を創り出そうとする。そのためには教師が好きな本を読んだり、教室の花瓶に水を注いだり窓から山脈を眺めるゆとりが必要だという。そうすることによって子供たちの自主的な言葉が育ってくる瞬間が到来する、後半部分につながっていく。

ある生徒はたいくつそうなわたしを見て
自分の教科書をひっさげて質問にくるかも知れない
またある生徒は長いあいだ胸に閉じこめていた問題をうちあけるために
こっそりわたしに近づいてくるかも知れない
（略）
その時こそおまえたちにむかってこう言うのだ
「ちょっと静かに！
みんなこちらを見て！
A君がこんなことを質問にきたけど
これはみんなの問題だと思う
この問題はこんなに考えたらどうか……」
その時こそわたしは鋼鉄の玉のような言葉を
回転するおまえたちのシャフトをがっちり支えることのできる
ボールベアリングのような重い言葉を
おまえたちに投げつけてやりたいのだ
その時こそ
銃弾のようなスピードのある言葉でおまえたちの胸を貫き
噴き出る血で教室をべっとりよごしてみたいのだ

「むなしい仰角」を抱いている子供たちを解放し、彼らの「胸に閉じこめていた問題」にいかに教師は答えることが出来るか。そんな授業時間の中で、自らが問われながら「鋼鉄の玉のような言葉」や「ボールベアリングのような重い言葉」で答えたいと思うのだ。そして「銃弾のようなスピードのある言葉」で子供たちの「胸を貫き」たいとまで語る。それは中学・高校の少年・少女たちの「胸に閉じこめていた問題」は、彼らを死に追い詰めるほど生死を賭けてしまう問題を孕んでいることを林さんはよく知っているからだろう。林さんのこの詩を通して語られていることは、一方的な言葉は吐かれたものにとっては、「虚しい言葉」に変わってしまう危険性があり、それを避けるためには喋るのではなく、他者の置かれている情況に耳を澄まし応答し対話することが、血の通う本来的な言葉になることを物語っているようだ。この詩のように学校現場の主人公である子供たちの感受性と対話していく言葉の可能性は、林さんの詩作の原点となっていったように思われる。林さんは子供たちや同僚たちにこれらの詩篇を書いたのだろうが、じつはもっと「重い沈黙」を抱えた普遍的な表現の自由という観点で、言葉に関わってしまう人間存在の在り方を追求していたと私には思われた。

2

林さんの年譜には第一詩集を刊行した翌年の一九六六年に第二詩集『さわやかな濃度』を「樹皮群同人会」という職場の同人誌を発行所にして刊行し、二十五歳から勤務している学校の同僚たちと読書会を開き、『現代日本の思想』(岩波新書)などのテキストを読んでいく。その同僚の一人に小松弘愛さんがいて一九六七年に「発言」というミニコミ誌を作り、それが現在も続いている詩誌「兆」へと発展していく。その頃には「家永裁判を支援する会などにもかかわる」と記されている。家永三郎の執筆した歴史教科書の表現内容を文部省が認めないことで起こされた裁判は、日本の戦争責任を事実に基づき記録する歴史学者の良心を多くの人びとに伝えた。林さんがその裁判を支援していたことは、国家が歴史学者の表現の自由を侵し、戦争責任を子どもたちに隠蔽しようとする危機意識を感じたからだろう。私は一九六〇年代後半の中学生の頃から新聞を読み始め、一九七〇年に高校生になった頃にこの家永裁判に関心を持ち新聞の切り抜きを始めた。私にとって家永三郎は国家権力に言論によって一人で立ち向かう英雄のように思われた。そんな人物を林さん達が高知から支援を行っていたことは、言論や学問の自由を守ると同時に教師の表現の自由を守るという切実さがあったからだろう。

林さんは一九七〇年に第三詩集『教室』、一九七一年に第四詩集『教室詩篇』を刊行したが、一九八四年に第五詩集『袋』を刊行するまで十三年かかっている。その間には同僚の内田祥穂講師が高知新聞に書いたエッセイ『私は教師』で解雇通告を受けたことに対して、「内田先生を守る会」の副会長として活動し解雇を撤回させて教壇に復帰させせた。林さんが同僚の表現の自由を守るために闘ったことは、言葉を語る自由こそが自らの詩的言語を守ることにつながっていることを行動で示していた。

それらの行動を経てから後に出された第五詩集『袋』の中に林さんの教室詩篇の代表的な散文詩「髪」がある。林さんは少女の中に宿る精霊のようなものに鋭く反応する感受性を持っているように感じられる。この詩は「A子の髪の毛は、黒々とした量のまま、肩までまっすぐに流れ落ちる」から始まる。この「黒々とした量」の「髪」が「首をめぐる風」となって胸や背中に沿って走り伸びていき、A子の身体中を覆っていく。「ぼく」はA子の身体をベッドに押し倒して髪の束を払いのけようとするが、髪が邪魔をして思いを遂げることが出来ないで、逆に自分の身体が傷つけられる。そして「髪の流れの奥の方から、かすかにA子はぼくの名を呼んでいる」のを聞き、「ぼくは、A子をつつむとめどもない流れを整理しかねて、外であえいでいる」のだ。「ぼく」は「髪の流れ」にA子の美しいしなやかな髪と同時に、閉ざされた内面を守る防護服のような二面性を感受している。「黒々とした量」はA子の外側と内側の暗喩でありながら、「髪の流れ」は、A子に魅せられた「ぼく」が決してA子の「髪」を突破できない隣接する存在としての換喩的表現であり、さらに膨張と収縮による映像感覚の提喩的な表現でもある。林さんは決して侵すことのできない精霊的な存在であるA子を生み出すために多面的な比喩を駆使して表現している。二〇一三年に刊行された『林嗣夫詩選集』の跋文「わたしの詩」によると、第一詩集、第二詩集の頃にはマルティン・ブーバーやマックス・ピカートなどを愛読していたそうだ。林さんの「教室」関連の詩篇の「ぼく」と「A子」という関係は、例えばブーバーの「根元語・我－汝」から影響されていて、「人間の全体性」を回復するために、ブーバーにおける汝という神の代わりに、林さんにおいてはA子という精霊的な存在と語り合う詩的言語の実験を繰り返していたのかも知れない。

3

一九八六年に刊行された第六詩集『耳』の詩集題の詩「耳」は、家に訪れた二人の女の子に耳をほめられたことから、「ぼく」の耳の記憶を辿る来歴が始まるのだが、最後は「庭でははげしくセミが鳴く／静かな／目まい……」で終わる。この頃から林さんの関心は、自分や他者たちが生きる場所であり、そこで生かされるものたちが暮らす地名などを通して、多くの死者を含めた他者の存在を再発見したことへの驚きを記し始めている。その後の詩集『土佐日記』の「土佐」、詩集『U子、小さな迂回』の「土佐湾」、詩集『林檎』の「高知公園」、詩集『四万十川』での先祖の墓の「幡多郡十和村立石《たついし》」、詩集『ガソリンスタンドで』の「朝の土佐道路」、詩集『薊野１２４１』の自宅の地名「薊野」、詩集『春の庭で』の「県立美術館」、詩集『ささやかなこと』の「花巻の宮沢賢治記念館」、詩集『花ものがたり』の「脳が萎縮した母が暮らす家」、詩集『あなたの前に』の「わたしの新しい名」などは固有の土地で生きるものの存在の哀歓が零れ落ちるように自然に記されている。その意味で林さんは土地の精霊を探し続けているのかも知れない。最後に詩集『そのようにして』の詩「そのようにして」の初めの一連を引用したい。

赤ん坊を
そっと抱いてあげたい
右のてのひらでお尻をすくい
左手で小さな背中や首を支え
顔をのぞき込みながら
繰り返し名を呼んであげたい
世界が少しずつ広まり
深まっていくようにと

この世に出現した新しき命であり精霊のような「赤ん坊」を祝福しながら、「繰り返し名を呼んであげたい」

と語る。その呼び掛けの言葉を発する精神こそが「我－汝」の関係の根元語の原点であり、世界との関係を構築する「人間の全体性」を取り戻す詩なのだろう。二〇一六年も詩集『解体へ』を刊行し、林さんはこれからも「重い沈黙」の中で「精霊のような純粋さ」に向けてしなやかな言葉を書き続けるのだろう。

同人誌と共に
──「発言」から「兆」へ──

小松弘愛

林嗣夫と同人誌を始めてから五〇年になろうとしている。一九六七年、「発言」を創刊。一九七二年、27号をもって終刊。同年、「発言」の後継誌として「兆」を創刊。二〇一六年十一月、172号を発行。

このように続けることができたのは、編集、発行を取り仕切ってきた林嗣夫の牽引力に負うところが大きい。以下、この小文は二つの同人誌の歴史を追う形で進めてゆく。林嗣夫の詩に直接触れることはないが、その詩を読むときの参考にしていただければ幸いである。なお、林嗣夫の第三詩集『教室』から第十八詩集『解体へ』に至る、十六冊の詩集に収められた詩の多くは「発言」と「兆」に発表されたものである。

今、私の机上には「兆100号年表」という小冊子が置かれている。一九九八年、林嗣夫の手になるものである。この「年表」の第一ページ、一九七二年の項には、「兆1（7月25日）同人―上田博信、小松弘愛、沢道雄、林嗣夫」とあり、執筆者の名前とその詩やエッセイの題名が続き、そのあとに「後記」が再録されている。当時の林嗣夫を理解するためには、大事な文章と思われるので全文を引く。

雑誌「兆」を創刊する。これは前に27号まで刊行した「発言」のあとを受けつぐ、第二の試みである。見えないもの、隠されたものを、すこしでも明るみの中へ持ち出したい、あるいは、ぼくたちのまわりにある、さまざまな近しいものを、徹底的にしらけたものに、（つまり本来の姿に）かえしたいという願いが、ぼくらにある。これはたとえば、生徒と先生とがもっと人間同士として信頼し合いたいというような、非常に素朴な願いから出発している。あらゆる閉塞の現状の中で、この雑誌を、すこしでも開いた運動体にしていきたい。大方の御支援をお願いする次第である。

「兆」の創刊は「第二の試み」だと言う。「第一の試み」としての、「発言」創刊の頃を振り返らなくてはならない。この『新・日本現代詩文庫　林嗣夫詩集』の「年譜」には、一九六四年の項に「嶋岡晨選の高知新聞詩壇に投稿を始め、幾編かが入選する」とある。一方、林嗣夫を見習うようにして、私が投稿を始めたのは一九六七年であった。二人は職場が同じだった。共に国語の教師として私立の中高等学校に勤めていた。私が投稿を始めたことに関心をもってくれていた林嗣夫は、ある日、職員室の私の机のそばにやって来て、「同人誌を出さないか」と思いがけない提案をしてきた。

このとき、林嗣夫はすでに『むなしい仰角』『さわやかな濃度』という詩集を出しており、また「鯨船」「樹皮群」といった詩誌を通しての同人誌体験があったけれど、投稿を始めたばかりの私は同人誌のことなど考えたこともなかった。が、ためらいと不安を残しつつも、林嗣夫の誘いに乗ることになった。詩名は「発言」と決まり、隔月刊で発行してゆくことになった。

なぜ「発言」と命名することになったか。実は一九六五年、職場の同僚たちと読書会を始めていた。その中心メンバーは後年の「兆」創刊同人となる沢、上田、林、小松だった。読書会で使われたテキストは多岐にわたるが、丸山真男の『日本の思想』(岩波新書)をはじめ、私たちが生きている時代、社会を理解するために、という考えがテキスト選定のベースにあったと思われる。

こういう読書会を重ねてゆくうちに私は、読むだけでなく、自分も何か書いてみたい、ささやかなものであってよい、私なりに時代、社会に働きかけてゆくものを書いてみたい、発言してみたいと思うようになっていた。このような思いを林嗣夫も受け止めてくれて、一九六七年、「発言」は詩の他に政治、社会、文学、教育……等についての思いを自由に発言してゆくミニコミとして出発したのである。原稿は林、私のほか職場の同僚や卒業生に依頼することが多く、職場内ミニコミという性格を帯びていた。

以上、「発言」創刊の経緯を振り返れば、これは確かに「第一の試み」と呼んでもよいものであった。先を急がなくてはならない。「発言」から「第二の試み」である「兆」への切換えの理由を林嗣夫は三点挙げている。その一つは「ぼくたち自身、およびぼくたちをとりまく情況が、発言しようと気負い立った五年まえとくらべ、やはり変化してきたこと」(「発言」終刊号「後記」)であった。

このような情況論を踏まえ、一九七二年、「兆」は同人四人が組んで、隔月刊のミニコミとして再出発した。ところが、一九七四年、9号発行を前に「兆」は一つの試練を受けることになる。言論、出版等の表現の自由という点からも、「兆」同人にとっては看過できない事件が起こったのである。林嗣夫制作「兆100号年表」の一九七四年の項は次のように始まる。

2月27日付、職場の同僚、内田祥穂(ペンネーム、内田八朗)に対し、理事会より解雇通告書。彼の著書『私は教師』(高知新聞連載)の内容が、教育方針に反している、同僚教師を誹謗して融和を破壊、校内外に動揺を与え秩序を攪乱した、というもの。兆同人は、職場の有志とともに、「高知私学教職員組合」の支援を得ながら、この問題に正面から取り組むこととなる。

　切られた首を元にかえすことは容易ではない。広く一般市民にも働きかけ、「内田先生を守る会」（会長　小林一平）が結成され、卒業生たちは「卒業生有志の会」（代表　細川律夫）を立ち上げ、共に運動を進めてゆくことになった。また、高知地裁に地位保全の仮処分の申請をし、多くの陳述書を提出して、法廷で解雇の不当性を訴えてゆくことになった。

　こうした運動を展開してゆくためには、情宣活動は欠かせない。これがうまく機能しないと運動の停滞、挫折につながってゆく。林嗣夫はこの情宣の責任者として「守る会」の会報の発行をはじめ、膨大な量と言わなければならない印刷物の作成に精力を傾けてゆくことになる。

　この情宣活動の中でも特筆すべきことは、一九七五年に出された『高知学芸高校　内田先生解雇事件』という自費出版の一冊である。目次には「序章、第一章　事件の概略、第二章　陳述書から、第三章　『守る会』運動、第四章　教育のゆくえ、終章」とあり、これは教育論として読むことのできる一冊であった。第四章の終わりには「八朗学級」と題して、以下のようなことが書かれている。

> 「内田先生を守る会」事務局は、一九七五年四月十一日、自主講座・八朗学級を開講した。「守る会」運動をすこしでも文化・生活領域に広げようとする試みである。すでに第一期五回の講師も決まり、一回、二回とすすんでいる。形式、内容については、やっていく中でいろいろくふうしようということになっている。学校が塀で囲んで、教育を独占しようとすればするほど、自主講座の必要は高まるだろう。

こうして解雇撤回を求めての運動は続いてゆくが、それを逐一追ってゆく余裕はない。すべてをカットして運動の結末を報告し、「兆」のその後へと移ろう。

一九七七年、解雇問題について高知地裁から和解調停の話が出され、組合・「守る会」と学校・理事会とのあいだで交渉が重ねられ、和解が成立することになった。解雇は撤回され、内田祥穂（八朗）先生は教壇に復帰できることになった。三年半に及ぶ運動であった。

多くの時間と労力を要求される三年半だった。校内で運動の中心を担っていたのは「兆」同人の四人であった。「兆」は一年に六回発行と決めていたが、それは無理であった。一九七四には二回、七五年四回、七六年二回、七七年二回、七八年三回となっている。

しかし、一九七九年以降は年に四回の季刊に改め、これを守って現在に至っている。そして、発行時の合評会も確実に行われるようになっている。合評会といえば、ちょっと振り返っておきたい私の一文がある。大岡信氏の説く「うたげと孤心」に触れながら、「同人誌と共に」と題して、高知ペンクラブの会報（51号）に載せてもらったものである。

「兆」は毎号欠かさず合評会を行ってきた。初期の頃はアルコール抜きのこともあったが、もう長いこと合評会はお酒と共にある。（中略）合評会である以上、自作が厳しい批評にさらされ、心に傷が走ることもあるが、それはアルコールで手当てをすればよく、合評会はやはり楽しい「うたげ」の場である。

合評会は楽しくもまた、よい修行の場であったが、「兆」にはもう一つ修行の場があった。一泊二日の夏の合宿である。「兆100号年表」の一九九二年、75号発行のところに「8月9日、10日、第一回「兆」合宿、四万十川の『大正温泉』で」とある。以後、この合宿も毎年続けられ、二〇一六年の今年は四万十町の「美馬旅館」で行われた。

合宿で何をやっているか。夏に発行された「兆」の合評会と句会・歌会、そして、あらかじめ決めておいたテキストを読んできての読書会である。句会・歌会は自由詩とは違う詩型をもつ俳句・短歌に少し触れてみよう、学んでみよう、とそれぞれの作を持ちよって天地人を競うのである。読書会については最近のテキスト三冊を挙げておこう。上田紀行『生きる意味』、永田和宏『現代秀歌』、金時鐘『朝鮮と日本に生きる——済州島から猪飼野へ』で、いずれも岩波新書である。

私はこの小文の冒頭で、「発言」から「兆」へと同人誌を長く続けることができたのは、「林嗣夫の牽引力に負うところが大きい」と書いたが、右の合評会と合宿も林嗣夫の労をいとわず、また、段取りのよさあってこそ、年中行事として定着し得たと思っている。

ところで、「兆」はミニコミとして出発したけれど、解雇問題を終えたあと、しだいに詩誌としての性格を強めてゆくことになり、現在の同人は石川逸子（東京）、清岳こう（仙台）、山本泰生（徳島）、林嗣夫（高知）、増田耕三（高知）、小松弘愛（高知）である。

「兆」は二〇一六年十一月現在、172号である。七年後には200号を迎える。そのとき、林嗣夫には「兆200号年表」を作ってほしいと思っている。

林　嗣夫年譜

一九三六年（昭和十一年）　当歳

二月十九日、高知県幡多郡十川村大字戸川（現、四万十町）において、父、林伊勢松、母、スエの長男として生まれる。父の言葉によると、松山メソジスト教会牧師、宇都宮充先生が命名、マタイ伝福音書「幸福《さいはひ》なるかな、柔和なる者。その人は地を嗣《つ》がん。」より。戸川の清流にて幼児受洗、とのこと。

三歳のとき、父が「北支」方面に兵役。七歳のとき、召集解除につづき朝鮮江原道三陟邑で母を伴って徴兵事務。その間ふるさとで、農林業を営む祖父母とともに暮らす。

敗戦直前に両親は帰村。その後父は高知営林局員として、四万十川中流域のいくつかの事業所に勤務。小中学校時代は文字どおり山と川を糧として育つ。

一九五一年（昭和二十六年）　十五歳

十川中学校卒業。高知工業高等学校電気科に入学。初めてふるさとを離れ、高知市内に下宿。

一九五四年（昭和二十九年）　十八歳

高知工業高校卒業。倉敷レーヨン西条工場に入社。一年で職場を辞し、受験勉強を始める。

一九五六年（昭和三十一年）　二十歳

高知大学教育学部に入学。専攻は国語。小松弘愛らと、「児童文学研究会」（サークル）を作って、巌谷小波、小川未明、浜田広介、宮沢賢治、坪田譲治、壺井栄らを読む。またアンデルセン童話なども読みふけった。

一九六〇年（昭和三十五年）　二十四歳

高知大学を卒業。高知高等学校教諭となる。

一九六一年（昭和三十六年）　二十五歳

高知学芸中学高等学校教諭となる（平成二十四年三月まで、五十一年間、国語科教師として同校に勤める）。

一九六四年（昭和三十九年）　二十八歳

嶋岡晨選の高知新聞詩壇に投稿を始め、幾編かが入選する。

一九六五年（昭和四十年）　二十九歳

一月、高知新聞投稿者による季刊詩誌「鯨船」（高知詩話会）が創刊される。しかし、数号でストップ。

三月、初めての詩集『むなしい仰角』（自家版）刊行。

九月、高知学芸高校生の山形敬介と、詩誌「樹皮群」を創刊（六七年に7号をもって終刊）。

この年、職場の同僚で読書会を発足させ、順次テキストを読んでいくことになる。まず、久野収・鶴見俊輔『現代日本の思想』（岩波新書）から。

一九六六年（昭和四十一年）　三十歳
九月、第二詩集『さわやかな濃度』（樹皮群同人会）刊行。
十二月、山田紀子と結婚。
一九六七年（昭和四十二年）　三十一歳
九月、読書会のメンバーを主要執筆者として、小松弘愛とミニコミ「発言」を創刊する（七二年に27号をもって終刊）。
このころより、労演や家永裁判を支援する会などにもかかわる。

一九七〇年（昭和四十五年）　三十四歳
二月、第三詩集『教室』（自家版）刊行。

一九七一年（昭和四十六年）　三十五歳
二月、三一書房『戦後詩大系』（全四巻）に、詩集『教室』から九篇が採録される。
十一月、高知私学教職員組合に加入。
十二月、第四詩集『教室詩篇』（自家版）刊行。

一九七二年（昭和四十七年）　三十六歳
一月、現代詩手帖に発表した散文詩と、篠山紀信が栗田裕美（ひろみ）をモデルにして撮った写真とが組み合わされ、「放課後」と題して、プレイボーイ誌に七ページにわたって掲載される。

二月、連合赤軍による浅間山荘事件。

四月、完成した高知市薊野一二四一の家に転居。

七月、終刊した「発言」のあとを承け、ミニコミ「兆」を創刊する。初期同人は職場の同僚で、上田博信、小松弘愛、沢道雄、林。

一九七三年（昭和四十八年）　三十七歳
一月、職場に「勤務者組合」なるものが結成された。「兆」はこれを御用組合として批判。
五月、長男、幹郎誕生。
十二月、教育エッセイ『放課後抄』（自家版）刊行。

一九七四年（昭和四十九年）　　三十八歳
二月、同僚の内田祥穂講師に解雇通告書。高知新聞に連載したエッセイ『私は教師』が、本校の教育方針に反し、校内に混乱を招いたとするもの。昨年の「勤務者組合」が解雇の準備であったと考えられる。四月に私学教組や「兆」のメンバー、卒業生を中心として、「内田先生を守る会」（会長、小林一平）を結成、解雇撤回運動をスタートさせる。副会長の一人として、情宣を担当。
十二月、「守る会」運動の渦の中で、高知こども劇場事務局の大原寿美（卒業生）とミニ通信「颪」を創刊（八五年に一〇〇号をもって終刊）。
一九七五年（昭和五十年）　　三十九歳
四月、「守る会」運動の一環として、自主講座「八朗学級」が開設される（「八朗」は内田祥穂先生の号。八一年まで、60回。なお二〇一〇年に「二十一世紀　八朗学級」として復活した）。
五月、冊子『高知学芸高校　内田先生解雇事件』（自家版）刊行。
六月、長女、道子誕生。
一九七七年（昭和五十二年）　　四十一歳
十月、「守る会」運動は三年半におよぶ持続のすえ、解雇撤回、教壇復帰（条件つきながら）という、当初の目的をほぼ達成するかたちで和解終結。
十二月、作品『学校』（「颪」発行所）刊行。
一九七八年（昭和五十三年）　　四十二歳
一月、『学校』によって第十一回椋庵文学賞。
一九八〇年（昭和五十五年）　　四十四歳
高知市で開催された日教組全国教研（一月）、全国自然保護大会（五月）、窪川町で開催された窪川原発反対総決起集会（十二月）に参加する。
一九八一年（昭和五十六年）　　四十五歳
三月、『私は教師——一つの解雇撤回運動から』（八朗学級）を編集刊行。
十二月、物語『足裏島』（「颪」発行所）刊行。
一九八二年（昭和五十七年）　　四十六歳
四月、十和村戸川にある林家の墓を掘り、祖父母、曽祖父母の骨を高知市薊野に新しく造った納骨堂に移す。
一九八四年（昭和五十九年）　四十八歳
十二月、第五詩集『袋』（書房ふたば）刊行。
一九八五年（昭和六十年）　四十九歳
三月、卒業していく中学生のためのアンソロジー『ある秋の日のできごと』（書房ふたば）刊行。
十一月、エッセイ集『カナカナを聞きながら』（書房ふたば）刊行。
一九八六年（昭和六十一年）　五十歳
四月、チェルノブイリ原発事故。
十一月、第六詩集『耳』（書房ふたば）刊行。
一九八七年（昭和六十二年）　五十一歳
十一月、第七詩集『土佐日記』（書房ふたば）刊行。
一九八八年（昭和六十三年）　五十二歳
三月、職場である高知学芸高校の修学旅行団が上海で列車事故に巻き込まれ、多数の犠牲者を出す。
十一月、第八詩集『U子、小さな迂回』（書房ふたば）刊行。
一九八九年（昭和六十四年、平成一年）　五十三歳
一月に昭和天皇崩御、六月に天安門事件、十一月にベルリンの壁撤去と、激動の時代を迎える。
九月、『選集　土佐の詩』（刊行委員会）に詩集『教室』から「休暇よ　ぼくよ」が採録される。
十二月、第九詩集『林檎』（書房ふたば）刊行。
一九九一年（平成三年）　五十五歳
三月、日本現代詩文庫（土曜美術社）44『小松弘愛詩集』に、詩人論「ナイフを鎮める」を執筆。
この年は、一月に湾岸戦争、十二月にソ連邦解体。
一九九二年（平成四年）　五十六歳
八月、四万十川の大正温泉で第一回「兆」合宿。山本泰生の同人歓迎会を兼ねたものだが、以後、毎年夏にはどこかの宿で一泊研修を行なうことになる。
一九九三年（平成五年）　五十七歳
十一月、第十詩集『四万十川』（書房ふたば）刊行。
一九九四年（平成六年）　五十八歳
三月、アンソロジー『ある秋の日のできごと』第二集（ふたば工房）刊行。
十月、高知市で行なわれた'94中四国詩祭に実行委員と

して参加。
一九九五年（平成七年）　五十九歳
一月に阪神・淡路大震災、三月に地下鉄サリン事件。
五月、高知文学学校で初めて講義、以後毎年引き受けることとなる。
十一月、第十一詩集『ガソリンスタンドで』（ふたば工房）刊行。
一九九六年（平成八年）　六十歳
六月、高知新聞に「学校からのリポート」連載（10回）。
一九九七年（平成九年）　六十一歳
十一月、第十二詩集『薊野１２４１』（ふたば工房）刊行。
一九九八年（平成十年）　六十二歳
十一月、高知市内のホテル佐渡で「兆」100号記念集会。
石川逸子の講演や詩の朗読など。
一九九九年（平成十一年）　六十三歳
三月、高知学芸中学高等学校を定年退職。ひきつづき講師として勤める。日本現代詩人会に入会。
長女、道子、中山雅博と結婚。
二〇〇〇年（平成十二年）　六十四歳
二月、孫、愛菜誕生。
十月から、高知新聞にエッセイ「薊野通信――日々の暮らしの中から」を連載（60回）。
二〇〇一年（平成十三年）　六十五歳
八月、大方町（現、黒潮町）「大方あかつき館」で講演、――上林暁を読む、作品「野」を中心に――。
九月、アメリカ同時多発テロ。
十月、エッセイ集『薊野通信――日々の暮らしの中から』（ふたば工房）刊行。
第十三詩集『春の庭で』（ふたば工房）刊行。
二〇〇二年（平成十四年）　六十六歳
八月、高知市の桂浜荘で、「兆」創刊30周年記念「桂浜で現代詩を語ろう」を開催。
四十歳ごろから、職場の仲間と毎年四国山地の山に登っているが、この年には三月に奥物部の白髪山、四月に東光森山、五月に旧別子銅山跡の銅山越、六月に稲叢山、十月に平家平に登る。
二〇〇三年（平成十五年）　六十七歳
三月三十一日に高知を発ち、東北への旅に向かう。仙台では「兆」同人の清岳こう、詩人の尾花仙朔、前原正治、歌人の佐藤通雅各氏に会う。あと、花巻、盛岡、北上をさまよい、四月四日に帰高。同行は大﨑千明、小松弘愛、西方郁子。

七月『反戦アンデパンダン詩集』（創風社）に「携帯電話」で参加。

十一月、林嗣夫詩集成Ⅰ『袋』（ふたば工房）刊行。第一詩集から第五詩集までを定本のかたちにまとめたもの。

二〇〇四年（平成十六年）　六十八歳
四月、林嗣夫自選詩集三部作のうち『花』（ミッドナイト・プレス）刊行。

六月、妹、永野克枝死亡。

七月、第十四詩集『ささやかなこと』（ふたば工房）刊行。

第十三回「兆」合宿は道後しらさぎ荘で。松山の詩友、森原直子、堀内統義両氏が参加。

十一月、自選詩集『泉』刊行。

二〇〇五年（平成十七年）　六十九歳
四月四日、父、伊勢松、肺炎による多臓器不全のため死亡、高知大学医学部に献体。
五月、自選詩集『風』刊行、三部作完結。
十二月、『定本　学校』（ふたば工房）刊行。

二〇〇六年（平成十八年）　七十歳
六月、日本現代詩人会「西日本ゼミナールin松山」において、「日常の裂けめより――わたしの場合」と題して講演。

二〇〇七年（平成十九年）　七十一歳
高知学芸中学高等学校研究報告（第41号）に、「中学生の哲学講座の試み」を掲載。
七月、第十五詩集『花ものがたり』（ふたば工房）刊行。

二〇〇八年（平成二十年）　七十二歳
四月、高知会館において、日本現代詩人会「西日本ゼミナール・高知」が開かれる。昨年夏より実行委員会を作り準備を重ねてきた。テーマは「南荒の詩魂を求めて」。高橋正氏の講演「高知の文学」。猪野睦氏の解説、松田光代氏らの朗読「高知の先達詩人」。「朗読・高知の若い詩人たち」。佐藤恵里氏の解説、田村拓氏台本の「佐喜浜俄」など。

十二月、長男、幹郎、山田亜衣と結婚。

二〇〇九年（平成二十一年）　七十三歳

二月、昨年の西日本ゼミ実行委員会のメンバーを中心に、「高知詩の会」を結成する。

十月、「高知詩の会」の催しにおいて、「ささやかなものへのまなざし」と題して講演。

二〇一〇年（平成二十二年）　七十四歳

二月、高知学芸高校卒業生によって「二十一世紀八朗学級」が復活。その第一回めの〝授業〟を担当。題して「サンタクロースはいるのでしょうか」。

八月、物語『風が木の名を呼んでいる』（ふたば工房刊行。

九月、第二回木馬川柳大会（高知市、パレスホテル）の選者となり、石田柊馬、吉澤久良各氏と合評する。

十一月、日韓環境詩選集『地球は美しい』（土曜美術社出版販売）に「小さなビッグ・バン」で参加。

二〇一一年（平成二十三年）　七十五歳

一月九日、母、スエ死亡。

三月十一日、東日本大震災。翌十二日より福島第一原子力発電所の爆発事故。

六月、「兆」150号記念集会（龍馬の生まれたまち記念館）で、「見えないものを見えるかたちに、という詩の志」と題してスピーチ。

九月、第十六詩集『あなたの前に』（ふたば工房）刊行。

二〇一二年（平成二十四年）　七十六歳

三月、五十二年間勤めてきた教職の仕事を辞する。

十一月、孫、明璃誕生。

十二月、弟、林亮、三十年間の俳句作品をあらためて整理し、句集『遠国』（自家版）として出版する。

二〇一三年（平成二十五年）　七十七歳

四月、『林嗣夫詩選集』（ふたば工房）刊行。

八月、『ベトナム独立・自由・鎮魂詩集175篇』（コールサック社）に、詩集『ガソリンスタンドで』から「朝」で参加。

二〇一四年（平成二十六年）　七十八歳

六月、『日常の裂けめより――〈詩〉をめぐるノート』（ふたば工房）刊行。

二〇一五年（平成二十七年）　七十九歳

七月、第十七詩集『そのようにして』（ふたば工房）刊行。

二〇一六年（平成二十八年）　八十歳

四月、詩集『そのようにして』によって第49回日本詩人クラブ賞。

六月、『広島県詩集』（第30集）出版記念会に招かれ、「詩、わたしの書き方」と題して講演。

第十八詩集『解体へ』（ふたば工房）刊行。

八月、『非戦を貫く三〇〇人詩集』（コールサック社）に、「そのようにして」で参加

二〇一七年（平成二十九年）　八十一歳

二月、日本現代詩人会「西日本ゼミナール・高知」において、「詩を生きる、ということ」と題して講演。

現住所　〒781―0011
高知市薊野北町三―一〇―一一

新・日本現代詩文庫 134 林《はやし》 嗣夫《つぐお》詩集

発行 二〇一七年四月二十日 初版

著者 林 嗣夫
装幀 森本良成
発行者 高木祐子
発行所 土曜美術社出版販売
〒162-0813 東京都新宿区東五軒町三―一〇
電話 〇三―五二二九―〇七三〇
FAX 〇三―五二二九―〇七三二
振替 〇〇一六〇―九―七五六九〇九
印刷・製本 モリモト印刷

ISBN978-4-8120-2362-4 C0192

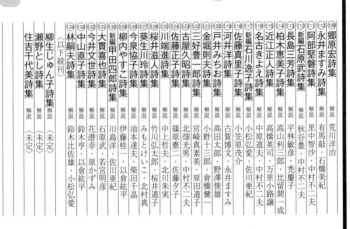